JN334470

装丁　寄藤文平＋鈴木千佳子（文平銀座）

さらば、政治よ

――旅の仲間へ

目次

Ⅰ　時論

Ⅱ　インタビュー

III　読書日記

I　時論

さらば、政治よ——旅の仲間へ

私は近年、世界情勢がどうだとか、日本という国家の進路がどうあるべきだとか、あるいは日本はどうなるのかといった憂国の議論から、なるべく遠ざかるようにしている。わが任に非ずという気がするだけではない。八十五歳になってみて、自分の一生を得心するに当って、そんなことは本質的なことではなかったとよくわかるからである。

私は十六、七歳のころから革命の夢にとり憑かれて来たのだから、天下国家の論議はもうご免だと言えば、それこそ老いの作用で退嬰的になっただけじゃないかと笑われそうだ。だが、いまにして思えば、私が夢みて来たのは反政治的革命、いわば精神の革命だった。ずっとそうだったのだし、その意味では老いても夢は死んではいない。しかし、いきなり革命論をやるのは話の入り口として早過ぎるだろう。

とにかく近年、即効的なあるいは当座の国策論みたいなのが氾濫していて、それも往年のような大局高所からの、現実離れのした大論文じゃなく、ちまちまとした、自分だけがわかっていると言うような、こましゃくれてウガッたような診断・処方箋が急に増えたような気がする。みんな日本国家、日本国家と言っている。こういう国策論の氾濫は一九四〇年ごろの新体制論議以来ではなかろうか。みんな憂国の士になったみたいで、もちろんその中には憂国の本家本元たる右翼もいらっしゃるが、むしろ言説は新しぶっているが旧態依然たる左翼の皆さんの方が多いようだ。早い話が安倍内閣が集団的自衛権を行使出来るように憲法解釈を変更したからと言うので、日本を戦争が出来る国にしたと言う人が大勢いる。大戦に突入する前の日本にそっくりになって来たという人も沢山いらっしゃる。

私はこういうことは一切、常識で判断したいと思っている。常識は一般大衆を支配するイデオロギーで、グラムシはそれを支配階級のヘゲモニーの手段だと言っています、なんて講釈しないでほしい。私が言っているのは、自分が持っている理性の働きからふつうに出てくる考えのことだ。私は理屈に合わないことは、あるいは観察のもたらすことと合致しないことは受け入れない。それは私の自然な精神の働きで、それを常識と言うのだ。私の最後の時局的言説として、私の常識なるものをこの節吐き出しておきたい。

この道はいつか来た道なのか

まず、日本の世相が一九三〇年代の戦争直前期に似て来たという人は、あるいは無知に災いされているのかも知れないが、デマゴーグだと思う。

三〇年代の日本は天皇制帝国主義国家だった。朝鮮・台湾を植民地化し、中国東北部、あわよくばシベリアまでねらいに入れていた。一九四〇年にフランスが敗北すると、仏領インドシナも射程の内に入れて、大東亜共栄圏の実現をもくろんだ。そんな政治的スタンスに似たものが、いまの日本のどこにあるのか。東南アジアを商品輸出先にするのは経済的帝国主義だと言う人が、三十年ほど前までは居た。さすがにそんなことはいまは言わない。そんなことを言えば、高速鉄道をインドネシアへ輸出する中国は帝国主義者だということになる。もっとも中国は南沙諸島の例を持ち出すまでもなく、東アジアの海域を軍事的に管制しようとしている。日本自衛隊はいまのところいくら中国船が尖閣諸島の領海を侵犯しようと自制している。たとえ「右傾」安倍内閣であろうと、三〇年代の日本のように、大陸であれ海域であれ、国外に帝国主義的支配を及そうとしているとは非難できまい。

それだけではない。当時日本にはレッキとした軍隊があり、天皇の統帥権のもとに政府から一定の自立を遂げていた。しかも政府の首班にはしばしば退役のちには現役の将官が就任した。中学・高校には軍事訓練が課されていた。いまの日本のどこが似ているのか。天皇について言うと、彼は国務を総攬していた。神聖犯すべからざる者であり、天皇陛下という一語を耳にすると、大人、子どもに至るまで、公けの場では「気をつけ」の姿勢をとらねばならなかった。いまの天皇夫妻を見よ。園遊会のさい、国民はこの二人にどんな態度で接しているか。あの時分に似て来たなどとんでもないことである。

三〇年代の日本はいちじるしく思想・言論の自由を制限されていた。昭和初期のマルクシズム流行は抑えこまれ、共産党は非合法だった。美濃部憲法学説の例に見るように、自由主義思想すら弾圧された。出版には検閲と発行禁止があった。性道徳の点でも堕胎は犯罪であり、有夫の女が男と性関係を結ぶと、両者とも姦通罪に問われた。

今の日本のどこが似ているのか。

三〇年代には桜会事件、五・一五事件、二・二六事件と未遂を含め三つの軍事クーデタがあり、血盟団によるテロ事件もあった。今日どこにその危険があるのか。

子どもたちは「兵隊さんは勇ましい、兵隊さんは大好きだ」と歌っていた。漫画の「のらくろ一等兵シリーズ」はベストセラーだった。犬が軍隊内で出世する話だ。平田晋策・海野十三などの軍事冒険小説も少年の血を湧かせていた。世間で幅を利かせていたのは忠君愛国、滅私奉公、勤勉、規律、親孝行、従順のエートスだった。いったいどこが似ていますか。

社共両党を先頭に左翼は、自衛隊が出来たいわゆる再軍備のとき、警職法が提出されて流産したとき、第一次安保改定のとき、「この道はいつか来た道」と警鐘を鳴らし、「逆コース」つまり戦前へ戻るぞと国民に警告した。彼らは保守党が戦前体制に復帰しようとしていると、本気で信じたのだろうか。いや、そう宣伝した方が、戦禍の記憶いまだ生々しかった国民にアッピールすると読んだのだろう。その結果彼らは遂に狼少年の運命を辿った。

保守党の方では頑迷な右派を除いて、主流はそんなことは考えていなかった。安保の蔭にかくれて、資金・資源をすべて経済成長に振り向けることで、労使の対立を緩和し、国内平和を達成しようとしていた。彼らのもくろみは図に当たった。不況だ不況だと言いながら、差異化された消費の娯しみを追求するのに余念のない今日の日本の状況はそのようにして実現されたのだ。

ナショナリズムとグローバリズム

安倍内閣は歴史修正主義の傾きを持っており、過去に蒙った日本の悪評を弁明したい意図をちらつかせる。しかし、それも近隣アジア諸国の反発をおそれて、自制する分別を忘れてはいない。安倍自身が戦争がしたくてたまらない人間だと考えるのは滑稽である。彼は単なるナショナリスティックな気分の持ち主である。そしてその程度のナショナリズムは日本だけでなく、世界中のほとんどの国家指導者の所有するところなのだ。ネット上の過激なヘイトスピーチ、新宿周辺での在日韓国人へのいやがらせデモなど、たしかに以前はなかった現象である。しかし、この程度の排他主義はヨーロッパのほとんどの国にも見られる現象なのだ。こんなものを戦前への回帰現象と見なす必要はない。

むしろそれは、現代が一九三〇年代などとまったく異なる状況に入ったことの証左なのである。というのはそれはグローバリズムの所産にほかならぬからだ。今日のように異民族が大量に頻繁に出会う状況は、人類史上初めて出現したものだ。いま見られる日本のナショナリズム的現象は、決して戦前、一九三〇年代のナショナリズムではない。この現象はネット上で何か自分の気にくわぬコメントを見ると、それに攻撃が集中するいわゆる「炎上」の現象と共通点が多い。つまりある一種の欲求不満の表われなのだ。韓国や中国のいつ果てるかわからぬ植民地時代、被占領時代への怨恨に対して、感情的に対応しているだけのことだ。

そういう反応がよろしくないもの、はずかしいものであることに私はもとより同意する。彼らに歴史をもっと知ってほしいとも思う。だが韓国・中国はまだナショナリズムの段階にある国家なのである。日本は違う。敗戦によってナショナリズムは死んだ。でなければ、あれだけの犠牲を払って戦争に敗けた甲斐はどこにあるか。ドイツにはずっとネオナチがいた。フランスにだってルペンの一党がいまもいる。日本にそういう徒がいるからと言って、日本が戦前のナショナリズムに回帰しつつあるなんて、私は絶対に思わない。その点は自信がある。それだけの思想的営為を私たちはやって来た。若い世代に見られる憂慮すべき一見ナショナルな言動は、今日の新しい社会状況の所産だ。対処すべき方法を考えるのは必要でも、対処すべき対象の性格を見誤ってはならぬ。戦前への回帰など大誤診でなくて何であろうか。

安倍が戦争が出来るようにしたから、戦前に似て来たと言うのだとおっしゃる人がいるだろう。異なことを聞くものだ。安倍が憲法第九条を拡大解釈する前から、日本は自衛権を持つとされていた。自衛とはどこの国やら知らぬが、攻めこんで来たら防ぐということだ。防ぐのは戦争をするということだ。憲法九条は自衛権を否定せぬと解釈したとき、日本はすでに戦争が出来る国になっていたのだ。要するに自衛隊を作ってしまったので、自衛のための戦争は、紛争を解決するための手段ではなく、従って自衛隊は軍隊ではないと強弁したにすぎない。たとえ相手が攻めて来たから自衛すると言っても、戦争に変りはない。それに一体どこの国が自分の方から他国を侵略しましたと言うだろうか。みな自衛の行為と言うにきまっている。現に中国は西沙諸島にミサイルを展開しても自衛措置だと言っている。

国会周辺デモをTVで見ていると、戦争絶対反対と声を枯らしている。それならまず自衛隊を廃止せねばならない。戦車、ジェット戦闘機を保有している組織は戦争をするために存在している。彼らは何のために日々訓練をしているのか。戦闘のためでなければ何をしているのか。戦闘は戦死者を伴う。自衛隊の存在を認めていながら、一人の自衛官の戦死も認めないというのはどういうことか。すべて自己欺瞞ではないか。

集団的自衛権は日本が直接戦う必要のないときに、同盟国の戦争行為を支援することになるので、言い換えると他国の戦争に巻きこまれるので危険だとおっしゃる。日本は米国と安保条約を結び、米国軍隊を国内に駐留させている。いざとなったら、米国は尖閣諸島を守ってくれないだろうなどと心配するからには、出来れば守ってほしいのだろう。つまり日本が攻められたとき、米国に加勢してほしいわけである。だとすれば、米国が攻撃されたとき日本は加勢するのが筋だろう。日本は米国の世界戦略のために、基地も金も提供しているのだから、それで義理は果している、米国艦船が攻撃されたからと言って支援するまでの義理はないという人もいる。まあ、それは米国国民に向けて言ってもらいたい。彼らが納得するかどうか。

いったん軍事同盟を結んだ以上、その同盟の範囲内において双務的義務を負うのは当然だ。軍事同盟と言ったって、互いに参戦義務を負わぬ場合もあるけれども、同盟の実効をどの点まで限るかという点については、あくまで双務的でなければなるまい。いやなら同盟を廃棄したらよい。私は基地と金を出しますから、戦争はそちらでやって下さいというのは奇妙な同盟ではなかろうか。まあ、政治というのは打算であり、双方納得ずくの取り引きなのだから、そういう同盟もあってよいかも知れないが、到底、矛盾や破綻を免れぬ一時のものだ。そっちも戦争の負担を少しは負えと言い出されても仕方がない。

しかも、国連軍の軍事行動というものがある。これに何らかの形で参加して、軍事的リスクを引き受けるのは、加盟国として回避できぬ義務だ。当国は憲法上そういうことはできぬことになっとりますと言うのは、私だけは聖人でいますから、必要な犯罪はあなた方で引き受けて下さいと言うのとおなじで、卑怯で利己的な言い分である。もちろん、国連の軍事行動というものにも問題はある。いくら国連の決定でも、理にそむくと国民が判断すれば参加を拒否してよいのは当然である。しかし政治は善か悪かではなく、善をめざして最小の悪を選択するものである。大きな悪を防ぐために小さな悪を、できるだけ慎重に行使するというのは、人類の今日の状態では仕方のないことなのだ。

ネイション・ステートの宿命

むろん、戦争は倫理的に悪である。人命を犠牲とする以上、そうとしか言いようがない。しかし政治は理想を含みつつも、悪を避けられない。それは倫理よりも、現実有効性を問題とするからだ。憲法九条は子孫代々まで死守し誇るべき崇高な条文だという人がいる。戦争を紛争の解決の手段としない、軍隊はこれを保持しないというのは、確かに人類の到達すべき地平を明示している。二次にわたる大戦のことを考えるだけでも、戦争は狂気の沙汰である。だが地球上に戦乱は絶えない。戦後日本が戦争しなかっただけで、戦乱はいつもどこかで燃え盛っていた。なぜか。ネイション・ステートという世界構成の枠組みが変らない以上、国家間の利害の対立は避けられぬからである。

国民国家が軍隊を保持する以上、利害の対立を解決するのに、軍事力を使用する誘惑を避けられない。それなら日本の誇る憲法に全世界がならって、軍隊を一斉に廃止すればよいではないか。しかし、それは核兵器の廃絶と同様、不可能に近く困難である。ネイション・ステートの世界枠組みが変らない以上、そうである。現に誇るべき日本憲法と言っても、日本は現実に軍隊を保有している。あれが軍隊でないという人は、呪文を唱えれば現実が消えると信じる人である。人類が国家に分れて対立している以上、相互に疑心が働いて核兵器も軍隊もなくならない。

それでは各国が互いに寛容・友好の間柄になって、対立せねばよいではないかと言う人がいよう。その通りだが、そうならないのには理由がある。意識が啓蒙されておらず、妙な民族根性にとらわれているからそうなるのではない。ネイション・ステートを民族国家と訳すか国民国家と訳すかによって、ニュアンスが違ってくるが、国家を構成する主体は一面では国民、一面では民族の性格を持っている。国家は共同幻想であり、民族は想像の共同体だと言うのはその通りだろうが、そう言ったところで、またそう自覚したところで、現実は変ってくれない。民族とか人種というのは科学的には成り立たぬ概念だとよく言われる。これもその通りだが、人間は科学がこう言っているからとて、はいそうですか、今後意識を改めますといった具合にはゆかぬ代物なのだ。幻想や想像の力は人がコミュニティを作るさいに、あるいは自分のアイデンティティを見出そうというときに、根底面に作用する力なのである。科学的合理主義によって、人間の欲求をすべて規制できると思うのは、おそるべき科学の専制であろう。

国民国家はナポレオンのフランスで誕生した。いやフランス革命で成立した。ヴァルミーの戦いでフランス共和国民兵がプロシア軍を撃破し、外国干渉から革命政府を防衛したときに、近代的国民国家は生れた。その国家は国民の意志によって成立し、国民の幸福に奉仕し、従って国民は国家のためにいつでも戦って死すべきであった。つまり国民国家は近代民主主義国家なのである。内実はいろいろと国によって異なりはしようけれども、建て前としては国家は国民の安全、法的権利、生存権、宗教・言論の自由を保障するものであった。近代的個人はこの枠組みの内で出現した。この新発明の国家とは、国民からすれば命を懸けても守り甲斐のあるものだった。だから徴兵に応じ、国のため死することも辞さなかった。民主主義とはこのように国家成員の死の義務を擬制する制度なのだ。

もちろんこれは建て前で、国家内はブルジョワジーとプロレタリアート、地主と農民、大商業と小商人といった階級対立をかかえ、資本や大土地所有のために国家はあるのであって、自分たちがそのために死ぬに値いするものなのかと、被支配者は疑うことができた。でも第一次大戦の例が証明するように、また第二次大戦でも再証明されたように、いざ戦争となると挙国一致の感激が国民をさらった。各国家が政治的あるいは経済的優位を占めることが、国民の福利の向上に直結する以上、優劣の争いが戦争にまで至ったとき、国家を支持しない理由はなかったからである。

この要因は二次の大戦を経て国連という地球規模の協議機関を持ち、少くとも二次にわたるような大戦は回避して来た戦後世界でも変っていない。変っていないどころか、経済のグローバル化によって、各国間の経済競争は熾烈の度を加える一方である。戦争などしたくないし、お国のために死ぬ気もない。しかし、生活水準が下るのは真平である。それを下げないためにも、自国の政治力・経済力を強化して、国際競争の場で優位を保ちたい。こういう経済ナショナリズムは、かつての政治的ナショナリズムより、一層国民への拘束力は強いように思われる。しかも戦後の福祉国家の進展は、国家は大ブルジョワジーの道具だという単純なスローガンを無化するに十分だった。国家の経済的ファクターが国際比較において悪化すれば、資本家が困るだけではない。

それは自分たち庶民の台所に直結する問題だという国民の認識は決して誤っていない。かつてデトロイトの労働者は日本車を燃やして失業に抗議した。彼らは誤って幻影を攻撃していたわけではないのだ。

世界は経済ナショナリズムの闘争の場としては、むかしよりずっと苛烈なものになっている。それは経済運営の単位が国民国家だからそうなるのであって、一国内での各経営体の競争が年一年激化してきたのとおなじ理屈である。その激化の度合は社会と経済のハイテクノロジー化によって加速度的に進む。国内の法的慣習的規制が次々に突破されるに従って異様な競争社会が出現するのと同様に、グローバリズムによって世界は、経済主体たる国民国家の熾烈な競技場に変容する。生活水準の低下を拒否するわれわれ国民は、情けないことに国家という船に運命を託して、死なばもろともといった具合に国益、国益と口を枯らさねばならぬのだ。「失われた二十年」をどうして取り返せばよいのか、グローバルな経済競技場でどういったパフォーマンスをとればよいのか、要するに日本という国家の舵取りをどうすりゃいいのかといったことを論じ立てている大量の識者たちは、この情けなさを一体自覚しているのだろうか。安倍は戦争する気だ、大変だと騒ぎ立てるより、この方が根本的に重要ではないのか。

世界の均一化と「らしさ」の必要

ネイション・ステートのもうひとつの訳語は民族国家である。民族・人種という概念がいかに科学的根拠を欠き、想像力の所産であり幻想であろうとも、今日みられる通り、民族間の軋轢、「民族」のさらなる「民族」への分裂は、克服されるどころか、かえって激しさを増している。スコットランドは独立すると言うし、沖縄独立論もある。両者ともかつて自分たちの国家を持っていたから根拠は十分にある。民族の概念が恣意的であるからこそ、ある地域の特殊な歴史と文化的伝統は「独立」への誘因となる。地球は統合されて、人びとが世界市民になるどころか、多元主義、多文化主義、異文化への寛容が説かれれば説かれるほど、少数民族問題、移民問題は解決のめども立たずに泥沼化しつつある。多民族を包摂・共存させていたかつての「帝国」への郷愁が語られるゆえんだ。

このような「民族問題」の発生も近代民主主義の所産なのである。ドイツやイタリーの統一国家の成立もその中の出来事だった。その中で「民族国家」への期待もふくらんだ。ヘルダー流の民族が人類の世界史創造の局面を担うという理念も生じた。その歪んだ結末がナチス第三帝国だったのはいうまでもない。第一次大戦中、米国大統領ウィルソンは民族自決の原則を掲げ、その結果中欧に小さな独立国がいくつも生まれ、かえって拾収のつかぬ国際紛争を生むこととなった。自分たちの国家を持てば一切はうまく行くというのが、はかない幻想であるのは結果が証明しているのに、いまや世界は、日々分化する「民族」の乱立が大義の名で語られる、民族の闘技場と化しつつある。

グローバリズムは国境を消失させ、国民国家の存在意義を縮小するというのは真赤な嘘である。世界中で何が起っているか、ちゃんと目を明けるだけでそれは明白である。グローバリズムが進展したからこそ、「民族」間の距離が消失して接触が深まったからこそ、「民族問題」が深刻化するのだ。思えば大航海時代こそ問題悪化の始まりであったのだ。それがなければ南海の孤島の住民は、いつまでも首長制と互酬エコノミーのもとで、変らぬ生活を続けられたはずだった。それが不幸であり蒙昧であると誰が言えよう。文明が進展し、世界がひとつになったからこそ、各「民族」は自決を言い立てねばならぬのだ。国民国家を樹立して、おのれの歴史と文化的伝統の所産である「国民生活」の特殊性を防衛せねばならぬのである。歴史と文化、つまり伝統の所産たる「民族」的な生活諸相のありようを失えば、「民族」は生きる根を絶たれる。社会が均一化すればするほど個人が「自分らしさ」を強調せねばならぬように、世界が均一化すればするほど「民族固有」の文化を言い立てねばならぬのだ。「民族」は歴史の累積的所産であるので、主観によって超越はできない。私はずっと自分が日本人ではないような気分でいたが、かと言ってほかの何国人でもないのである。

私たちは「国民」であり「民族」であることから逃れられない。だから日本国家のありかたについて、「わしゃ知らぬ」とは言えない。反国家主義とは貫徹しえぬ主張である。強盗団にわが家が襲われたら、一一〇番に電話しない「反国家主義者」はいないだろうからである。人間が「国民」でなく「民族」にも属さぬ日がいつか来るのだろうか。尊い夢想ではある。だが味気ない理想であり、夢想に終る理想である。マルクスが『フランスの内乱』で、レーニンが『国家と革命』で説いたような、ふつうの庶民が輪番で社会を運営し、国家は消滅するという展望は、この高度に技術化し専門化した社会を前にするとき、ただの夢想としか言いようがないではないか。そんな夢想にふけるより、「国際化」「多元化」の掛け声が盛んになればなるほど、経済の面でも政治・文化の面でも国民国家の制約を、かえって痛切に意識せざるをえない時代に、私たちが生きていることを自覚すべきなのだ。

「国民国家」は私たちの生の条件であり、必要悪である。いわばそれは快適な牢獄なのだ。そういうものとして、どう対処してゆくべきか。私は大きな口は叩けないが、そんなに難しいことでもないと思っている。まず日本という国は一流国でも大国でもある必要はない。国連内で近代化され民主主義的な制度を持った国として、世界が不条理なカオスに陥らぬように、理性的な働きを演じてゆけばよいと思う。最小限の軍隊を保持することも、その軍隊が国連の決議に従って海外で活動することも、ことさらいとう必要はない。もちろん核武装だけは絶対してならない。現在の国土は保全せねばならぬが、係争の領土問題でムキになることはない。北方領土がロシアに占拠されているのは、歴史的道理に合わぬが、現状で困ることは何もない。ある民族ある国家が、世界史上特別な使命を持っているように考えるのは妄想である。日本は東アジアのリーダーなどになる必要もなく、国連安保理常任理事国に入る必要もない。他国に不道義なことはせず、また自国に理屈に合わぬ圧力をかけられた場合、たとえそのため不利益を蒙ろうとも毅然として屈従しなければよい。

問題は国際社会における日本の地位などではない。しゃしゃり出る必要は何もなく、義務を果すだけでよい。フィンランドやデンマークやブータンは、小国だからといって不幸だろうか。大国幻想とは徹底して手を切らねばならない。日本はそこに住む人たちにとってよい国になればいいのである。ということは一切の問題は国内の社会にあるということだ。国際政治については、自民党であろうと民主党であろうと、政党に任せておいて大過はない。日本の民間世論の力はメディアも含めて大きいから、政府の行動はそれにチェックされる。そうそうばか気たことはできないはずだ。この領域ではむしろ、政府もメディアも世論なるものも、相変らず日本が大国であり一流国でなければならぬと思いこんでいることに問題がある。

国の世話にはなりたくない

要は日本という社会が、個人が生きて行く上で、よろこびや充足や心の落ち着きを与えてくれる環境であるかどうかということだ。本当に個の存在が尊重され、個が他者との関わりの中で自分の存在の意義を実感できるような社会に、私たちの社会がなっているかどうかということだ。むろん、この場合にも国家の一定の役割はある。政府機関や地方自治体には、特に社会的な弱者や貧困者に、いわゆるソーシャル・ネットワークを設ける責任があり、教育や福祉や文化や国土保全において果すべき課題がある。一方、私たちが国家の一員としての義務を果さねばならぬのも当然である。だが私は、国家に責任を果すように求めるのは当然としても、本音は国家・政府から自立して生きたい。というよりそんなものとの関わりは最小限にして、ただともに生きている他者への責任を果し、他者とともに生きることに生き甲斐を見出したい。歳とれば介護その他、政府・自治体のお世話にならねばならぬことはわかっているし、歳とらなくても国家機構の保護のもとにあることは承知している。でもそれには税金を払っているし、それ以上関わることも関わられることも最小限にしたい。

なぜだろうか。まず学校というものが嫌いだった。自分が選択できない集団への帰属を強制されるのが嫌いだった。同窓会というのもいやであった。学校のお世話にならずとも、勉強は自分でできると思っていた。法律というのが苦手で、裁判システムも大嫌いだった。人との係争を裁判に持ち出す気はなかった。国家がある人格に体現されて出現する場合、その人間に徹底して反発を覚えた。すべてはお前の個癖じゃないかと言われそうだが、人間はそもそも強制されることに耐えられず、自分の意志によって行動したいところに本質があるのではないか。生命とはそういう自発的な営みなのではないか。むろん生命は制約を負うており、ある条件下でのみ存在する。でも国家はそういう始原的な制約ではない。

幕末期の日本民衆は自分が娑婆、世間の中で生きているとは承知していたが、国家があるとは承知していなかった。もちろん公方様がおり殿様がいて、その下にはお役人がいることも知っていたが、そんなものは雲の上の存在で、ただ頭を下げておけばよく、自分たちの日常に関わりはなかった。そんなもののお世話になったことはないし、従ってそれへの義理もなかった。自分が生きている世間、つまり村や町内や組合にはお世話にもなったし、従って義理もあった。だがそれを超える国家機構は彼らには必要なかったのである。民衆は仲間とともに自分たちの世話は自分たちで焼いた。

　事情はヨーロッパでも同様であった。ユゴーの『九十三年』には、共和国の兵隊に「お前の祖国《パトリ》は？」と問われ、「知りません」と答えるブルターニュの農婦が出て来る。「自分のくに《ペイ》も知らんのか」と嘲られて、彼女は「ああ、それならアゼのシスコワニャール農場です」と答える。フランス民主主義革命は、彼女らにフランスという祖国が在ることを教えた。維新革命は同様に、馬関戦争のさい、外国艦隊の荷運びを何のためらいもなく行う民衆に、日本という祖国の在ることを知らしめたのである。

　私はそういう古い日本やフランスの民衆意識を、人間の最も始原的なありかたとして尊重する者である。もちろん複雑化した現代社会は、多重化した国家機構なしには存立しえない。現代社会の一員として、私たちが国家運営に責任を有することはもう再三確認した。しかしあえて私は言いたい。私はできるだけお国の世話にならぬよう心掛け、お国との関わりをなるたけ持たぬようにしたい。アゼのシスコワニャール農場が自分のくにだと言う、ブルターニュの無知な農婦のようにありたい。というのは、私たちが国家から、いくら善意と先見からとはいえ、全面的にケアされ管理される存在になることを欲しないからである。

ともに旅するものたち

現在すでにそうなっているのだが、これからの世の中は科学テクノロジーによって全面的に調査され設計され管理される人工的な社会環境になってゆく一方だろう。ジャン・ピエル・ル＝ゴフは過去も未来もなく、ただ現在を生きる人間として在ることを強制されるのだと言う。そこで求められる「自己実現」とは徹底的に共同的なものから切り離された個人の、高度技術社会への適合だと言う（『ポスト全体主義時代の民主主義』青灯社、二〇一一年）。要するに複雑で高度な経営・行政・教育・医療保健・情報提供のシステムに熟達したスペシャリスト、テクノクラートの時代なのである。「大衆」は彼らにケアされ誘導されて、情報を含む多様な商品の孤独な消費者となるしかない。

こういえば単純化、戯画化のそしりは免れぬ。私はいわゆる高度消費社会を享受している一員である。戦後産業社会の恩恵を受けて来た一人である。貧しく、寿命も短かく、楽しみも少なく、働きに働かねばならなかった昔の日本人が、長生きし、わが家を買い、車の一台も持つようになったことを、結局は肯定する者である。だが、何かを得ることは何かを喪うことであるのを忘れたくない。

ともに生きる感覚、人とだけではない、自然とも生物ともつながって生きる感覚、謙抑、断念と受苦の覚悟、思いやりとわきまえ、おのれを知る分別、自分の短い生が歴史の持続のうちにある実感、存在するものへの愛とよろこび、虚無に耐えうる大いなる自覚、そんなものを昔の人が全部持っていたとは言わない。でも少しずつ持っていて、それで共同の交わりが成り立っていたのは確かではなかろうか。そして、現代人はそういった感覚を初めから知りようがなく、従って養いようもないのは否めない事実ではなかろうか。

私たちは国家の与えるものの受動的受益者となっている。もっと与えよ、それができぬのは国家の無能と誤った政策のせいだと考える。自分を何かに捧げるのは封建道徳だと教えられている。自分でものを考えているつもりでも、実はメディアと教育によって考えさせられているのに気づかない。自分が自分の主人になれない。みんなで国家を作りあげ、みんなでそれにからめとられて幸せになった。大いなる虚無に包囲された、ささやかな幸せである。

私は国家の受益者であるから、それなりの代償は払う。しかしそれ以上は国家と関わらぬ個でありたい。狼のようなフクロウのような、あるいはくぬぎの木のような生きものでありたい。そういう者として人間の仲間を始めとして、万象とともに生きたい。その位相では国家は関係ない。そういう位相の自分でありたい。そういう国家から自立した人間がともに生きうる共同世界を作りたい。そういう人間は現代からの脱落者であるかも知れないが、そうした離脱こそ再生へのイニシエイションとならないであろうか。

私は党派的なコミューンを作りたいのではない。荒野を一人旅する決意があれば、まわりに自ずと泉は湧くだろうと言うのだ。国家からの離脱は遁世ではない。国のお世話にならずとも、自分で生きてみせるという意地さえあれば、逆にこの世はともに旅するものたちで成り立っていたことに気づくだろう。それを泉とたとえてみた。国家という共同機構をより人間的なものにする努力が不必要とも、むなしいとも言う気はない。そういう不断の努力は精々なされてしかるべきだ。だが私はそれよりも、政府や自治体に頼らぬ、いわば民間の共生の工夫をこらしたい。その工夫に政治は要らぬ。必要なのは自分の精神の覚醒である。つねに淀もうとし、自足しようとし、眠りこもうとする精神革命である。永久革命とはおのれを他者に捧げるという、永久に到達できぬ境位への憧れのことだ。喪われた生甲斐を回復しようとする、生の無意味と戦おうとする、永久の試行のことだ。

伊東静雄は歌った。

「真に独りなるひとは自然の大いなる聯関のうちに、恒に覚めゐむ事を希ふ」と。

このように独りでありうる人はまた、人びとの共同をつねにねがう人でもあろう。宮沢賢治ではないが、そういう者に私はなりたい。私たちは与えられるのではなく、みずから何かを作ってわかち合わねばならぬ。そういう装置を、小さくてもいくつもいくつも積み重ねてゆけばよいのだ。

さらにまた、ル＝ゴフの言うように、人間は過去から未来へ持続する時の中でしか生きられぬのであるから、過去を消去し、それと断絶させようとする動向に意識的な抵抗を組織する必要がある。それは端的に言って、過去の文化遺産を次の世代に確実に伝達することである。私が言うのはいまや死語となりつつある「学芸」のことで、文系の学問、文学、芸術の遺産の継承システムは、大学改革を含んだ知の情報化の激流のため急速に破壊されようとしている。文系の大学を出た者がプーシキンの名も知らぬのが現状であってみれば、やがてゲーテって誰という時代がやって来よう。時代おくれと言われるような古典教育こそ、どこかで誰かが継続せねばならない。

日本という国家がどうなるかなんて心配する前に、われわれの生活世界の急速な現代化、すなわち刹那化・非連続化こそ心配してもらいたい。私たちの生の実質は生活世界のありかたにこそ関わっているからだ。

「提言」する人びと

「提論」というこの欄は、天下国家に関する問題について、何か指導的な言説を提供する趣旨のものだろう。だからまず断っておかねばならないが、私にはそういう習慣がない。

若いころはそれなりに政治的関心もあって、やれ片面講和反対とか、破防法反対とか、安保改定反対とか、騒いだこともあったが、あとになってみると、何も心配したようなことは起こらず、戦後の政治の方向は、自分のような者がしゃしゃり出ないでも、その任に当たる人びとの導くに任せて、大過はないのだと悟った。

だから天下国家を論じる必要はないというのではない。しかし今日、日本という国の進路をどう選ぶべきか、「提言」している人びとを見ると、その大半は日本が「大国」あるいは「一流国家」から転落するかどうか、心配していらっしゃるらしい。心配した上で、そうならぬための提案をなさっているようだ。

少年の日の大日本帝国の夢さめて以来、私は絶えてそんな心配をしたことがない。自分の属する国が一流だろうと三流だろうと、私の一生の幸・不幸は、そんなことにいささかも左右されなかった。みなさんもご同様ではなかろうか。

いったい一流とか二流とか、何を基準として言うのか。どうもGDP（国内総生産）の大きさやら、商品の国際的競争力、国際会議での発言力、文化的影響力、さらには世界の優秀大学二十に、自国の大学がいくつはいるか、といったことやらが基準になるらしい。

しかしそんなことが、われわれの生活の生きて甲斐あることと、何の関係があるのか。われわれは生きものであるから、生きて甲斐ある一生を送らねばならない。犬だって猫だってそうである。いわんや人間においてをや。

もっとも、今日のボーダレス化した世界経済のありようからすれば、世界経済における自分の国の地位は、直接自分の収入に影響するようである。収入が減っては、のんきなことは言っていられない。

だが、自国の商品の国際競争力を回復するために、身を削るようにしてコストを削減し、より廉価な労働力を求めて資本を海外に移転したあげく、得られたのは何だったのか。社会、つまりわれわれひとりひとりが生きる環境の荒廃ではなかったのか。

資源に乏しいこの国は貿易に生きるしかないという。しかし、わが国のGDPのうち、輸出が占める割合は一〇%強にすぎない。しかもこのGDPというのが、奇妙奇天烈なしろものなのだ。街路樹の繁りが邪魔だ、落葉がいやだというので、刈りこんで丸坊主にすれば、その賃銀を払った分、つまり街を醜くした分、GDPは増えるのである。


GDPが中国に抜かれて第三位に転落した、危機だ、危機だと騒ぐ社会心理には、大変興味深いものがある。これは敗戦によって、日本人が完全に自信を、というより自己そのものを喪失したことと関係がある。一国の国民が、おのれの過去を全否定して生きられるわけがない。一九八〇年代、「経済大国」「ジャパン・アズ・ナンバーワン」と賞讃されて、やっと日本人は自信を取り戻した。軍事大国はよろしくないが、経済大国ならよろしいのだな、という次第だ。

だが、何のために戦に敗けたかといえば、本当は大国とか一流国とかいう強迫観念と縁を切るためだったのだ。そんなことより大切なのは、われわれが送っている生活の質である。だって、それこそ一生の生き甲斐を左右するのだから。

物書きは地方に住め

人口が激減して、二〇四〇年には現在の市町村の半数は消滅するという。週刊誌などでは、まるで日本が滅亡するような騒ぎようだ。しかし、江戸時代を通じて人口は三千万程度であったし、それでも幕末日本を訪れた外国人は、津々浦々よく繁栄した国だと見ていた。また私の少年のころは、日本は人口過剰で、だから海外発展が必要といわれた。当時は植民地を除けば八千万くらいだった。

たとえ将来人口が八千万にまで減っても、それなりに繁栄し充実した国づくりが可能なのは、常識があればわかることだ。もちろん人口減少の過程でさまざまな痛みが生じるし、その手当てはゆるがせにはできない。減ってゆく人口をいかに適切に配置するか。それもけっして容易ではない課題だろう。だが解決不可能な課題とは思われない。

ところが人口は激減する一方、若者の大都市、特に東京への集中は加速化するだろうという。私の見るところでは、このほうがよっぽど大問題だ。

地方分権とか、地域の活力回復とかがジャーナリズムの話題になるのは、そういう危機感が私一人のものではない証拠だと思う。だが、これは口にするのはやすいが、実効をもたらすのはなかなか難しい。

そこで私はひとつ提案をしたい。東京に住んでいる職業的な文筆家は、みなてんでに気に入った地方都市へ移住したらどうか。一歩進んで農山村に住んでみたらどうか。私はときどき、どうして東京で暮らさないのか不思議がられることがある。しかしこれは、地方で暮らしているうちに文名を得れば東京へ出てゆくという、ひと昔前の慣習に縛られたものの見方だろう。

第一私は大した文名も得ていないわけだが、それにしても熊本に住んで文筆業を続けていくのに何の不自由も感じたことはない。すでに五十年前からそうだった。用があれば編集者が電話をかけてくるし、訪ねても来る。そしていまやファクスというものがある。私はやらないがパソコンのメールとやらで、完全原稿を即座に送ることができる。

一方、必要な参考文献もネットで探せばほとんど手に入る。新刊書だってネットで取り寄せられる。もっとも私の場合、これは全部娘がやってくれるのだが。

地方に住んで何の不自由もないばかりか、東京にいたら得られぬ利点がたくさんある。地方都市にはまだ人工化されぬコスモスを感受できる余地がある。山や森や海に会いたければ、ちょっと車を走らせるとよい。私の大好きな南阿蘇へは、何と四十分で行ける。東京なら街を抜け出すだけで大変だろう。

しかも、友人とはいつでもすぐに会える。夜おそくまで語り合うこともできる。東京のように、長時間かけて集まって、終電の時刻を気にすることもない。タクシーで帰ったって料金は知れたものだ。

物書きにとって、人工化されていないコスモスを日ごろ感受できるのは本質的に重要なことなのだ。日本をそして世界を、地方の一隅から見回すのも、きっと新鮮な経験に違いない。

物書きだけではない。出版社も地方へ移転したらどうだろう。アメリカやドイツでは、出版社はニューヨーク、ベルリンに集中してはいない。地方にあって全国市場向けの本作りをしている出版社は、現に福岡市に何社かある。

家賃その他諸経費も安いし、もっとゆとりのある経営ができるではないか。もっとも社員の多い大出版社の地方移転は無理だろうが、もともと出版社は巨大である必要はない。

物書きと出版社が地方へ移ったって、焼け石に水という感じがしないでもない。でも、できるところからやらないと、物事は始まらない。以上の提案はみな、あしたからできることだ。

徴兵制は悪か

私は現代文明の行く末については考えぬわけにはいかないが、世界や日本についての情勢論や政策論議には、なるだけ関わらないようにしている。その分野についてはいわゆる識者がいらっしゃって、その方々に任せておけば大過はなかろうと思うからだ。過日の集団的自衛権をめぐる論議も、そういうわけで傍観していた。

集団的自衛権が是か非かというのは、本意であろうとなかろうと、好もうが好むまいが、のしかかって来る憂鬱でやりきれぬ現実に当座どう対処するかという話で、比較的かしこい選択をするだけのことだと思う。ただ私はその論議の過程で、あいも変わらぬ紋切り型思考の跳梁を目にして、そのほうがよほど問題ではなかろうかと思った。

テレビで国会論戦を見ていると、左翼(もうこんな言葉も死語だが)の一議員が、集団的自衛権の承認は徴兵制につながると主張していて、これには溜め息が出た。安倍総理がそれに対して、スイスは集団的自衛権は認めていないが徴兵制を敷き、アメリカはそれを認めているのに志願兵制であって、両者に関連はございませんなどと、律義に答えていたのも、私には滑稽に思えた。

安倍総理は徴兵制を敷くつもりは毛頭ないと断言する。つまり徴兵制を先天的な悪とする点において、左翼議員と変わらないのである。これは彼や左翼議員だけのことではなく、ジャーナリズムから庶民にいたるまで、徴兵制という言葉を聞いただけで拒否反応を起こすはずだ。それも別に深く考えてのことではない。

ある世代までは、その言葉は天皇制軍国主義と、いまわしい戦争の記憶に結びついているのだろうし、若い人びとにとっては、兵隊というだけでダサイ・キモイということになるのかしら。だが、徴兵制は悪かつ反人道的、反民主的で、志願兵制は善かつ人道的、民主的だという理屈は、少し頭を使っただけで、成り立たぬことがわかるはずなのだ。

マイケル・サンデルといえば、その「正義論」のレクチャーが、日本でも大いに話題になったアメリカの政治哲学者だが、彼の説くところを少し紹介してみよう。南北戦争のとき、北軍は徴兵への抵抗を和らげようとして、三百ドルの徴兵免除費を払うか、自分の身代わりを傭《やと》った者の就役を免除した。三百ドルは未熟練労働者の一年分の賃金に相当した。このいずれかの方法で徴兵を免れた者のうちには、カーネギー、モルガンという将来の大資本家、セオドア、フランクリンの両ルーズベルトという将来の大統領の父親も含まれている。

金持ちがこのようにして従軍を免れ、貧乏人は従軍して場合によっては死なねばならぬ制度を、現代人は挙って不公正と断じる。しかし、現代人が徴兵制よりましだとして認める志願兵制は、金持ちが金を払って代わりの貧乏人に従軍してもらうのとおなじことではないかとサンデルは言う。なぜなら、志願兵制のもとで応募するのは、今日のアメリカ社会においては必然的に、そうするしか生きる途のない貧困層、ないし差別されたマイノリティーであるからだ。

正義・公正の立場からすると、徴兵制より志願兵制のほうが望ましいとする根拠はまったく存在しない。サンデルの論旨は、いま私がざっと紹介したのよりもっと委曲を尽くしているので、詳しくは彼の著書に就いて見てもらいたい。

私たちは自衛隊という志願兵制に安住している。しかも、自衛隊の存在を、「反戦」とか「平和」の美名でうとましがる惰性は、いまなお跡を絶たぬのではあるまいか。おまえらは勝手に戦え、おれたちは知らぬとはまさか言えぬとしても、結局はそう言うに等しい安易な反戦主義に自足しているのではないか。徴兵制と聞いただけでおぞ気をふるうのは、紛れもない思考停止なのだ。

私たちの時局論議は、そのほとんどが深い検討にさらされたことのない紋切り型用語によってなされている。言葉（概念）に前もって善悪、正・不正、民主・反民主、進歩・反動の色がついていて、そういう色つきカードを操作することが論壇の仕事になっている。考えるというただひとつのことが欠落しているのだ。

変わる保革の意味

親日家で有名だったロナルド・ドーアさんが、近頃日本が嫌いになったという。日本が好きだ嫌いだはどうでもいい。ある対象について好悪が共存するのは人性の常だ。かのハーンがそうで、日本が好きでもあり嫌いでもあった。ドーアさんが近頃の日本がいやになったのは、日本が好きしたからだという。これは聞き捨てならない。日本が右傾化しつつあるというのは、いわゆる戦後民主主義万歳、平和憲法万歳の徒の常套句だと私は思っていたから、ドーアさんの口からこの言葉がとび出すのは意外だった。

だがドーアさんの言い分を聞くと、彼がいやだというのは、日本がレーガン、サッチャー張りの効率至上主義社会、格差容認の競争社会への途を急速に進みつつあることなのだ。彼がこれを右傾化と呼ぶのは、社会が富裕層を抑制し、弱者を保護しようとする立場を左派と考えるからだろう。

ところがドーアさんは日本型資本主義の長所を、共同体的慣行を上手に生かしている点に認めて来たわけで、それを社会の進歩の障害物とみなして来た立場から見れば、紛れもなく保守系、つまりは右の立場をとって来た人なのである。

日本の伝統的慣行と心性を擁護して来た彼が右傾化と呼ぶのは、実はそういった伝統を粉砕すべき障害とみなして、改革を大声疾呼して来たウルトラ改革派の動向のことなのだ。話がおかしくなってきたとは思いませんか。

実はドーアさんだけではなく、今日のメディアが乱発する右傾化、ひいては右と左の区別は、概念的混乱を極めているのだ。したがって、安倍内閣の右翼的傾向を批判するメディアは、自分が何を批判しているのかわからないでいる。


ここでドーアさんの言い分から離れると、集団的自衛権容認など、一連の右傾化といわれている安倍内閣の施策は、現代の国民国家システムの標準に戻っただけのことであって、それを戦前戦中のウルトラナショナリズムへの復帰のように騒ぎ立てるのは低劣な煽情にすぎない。

なるほど嫌中嫌韓本の流行とか、ヘイトスピーチの横行など、ナショナリズムの発作は目につく。しかしそれは、中国・韓国側の一周おくれともいうべきナショナリズムの過激化に対する反作用であって、むろん抑制すべきことではあるが、そんな発作は欧米「先進国」にだって存在するのだ。

戦後の特殊な状況の中でだけ命脈を保って来た、反国家・絶対平和の夢想にあやされる時代は終わった。国民国家が分立競合する世界の中で、日本国家のリアリスティックな利害を考慮せざるをえないのは、好悪の問題を超えている。われわれは社会の中でこそ生存でき、その社会を統合する機構としては、残念ながら今のところ、国家しか私たちは持ち合わせていない。

ただ銘記すべきなのは、国家の利害を考慮せざるをえないのは、ナショナリズムとは異なるということだ。私たちは敗戦という惨禍と引き換えに、ナショナリズムを卒業した。

「マッチ擦るつかのま海に霧ふかし身捨つるほどの祖国はありや」（寺山修司）。

現代日本人が祖国の偉大と栄光に酔うナショナリストに、再び立ち返ることは絶対にない。メディアのお嫌いな安倍内閣だって、国家の行動の基準を国際的な理性的合意に置き、他国との協調を重んじると言っている。

今日重要なのは右か左かといった区分ではなく、保守と革新のバランスだと思う。

と言っても、保守も革新も、その意味内容は一新されねばならない。それが一新されて初めて、新たな展望は生まれる。

質のよい生活

私はこの欄に最初に書いたときに、日本を一流国に保つためにはどうすればよいか、などということには一切関心がない、問題は自分らが送る生活の質なのだと述べた。この欄の筆者を辞すに当たって、では生活の質とは何なのか、あらためて考えてみたい。

その前に国際競技場で日本が何番目のランナーなのか、そんなことにこだわる理由がないことを、再度言っておきたい。順位争いでは、どん尻になってくれる者がいるからこそ、トップになれる者がいるのだ。トップになれるのはどん尻のおかげで、どん尻様には敬礼してしかるべきである。

競争すれば必ずトップに近い少数者と、それ以外のどん尻的多数者が生まれる。そういうどん尻組が悲惨だというのは、まことに貧しいものの見方だ。どん尻組にはどん尻組のしあわせがある。

大英帝国は十九世紀、世界のトップを走った。では英国民は世界で一番しあわせであったか。ディケンズと為永春水を読みくらべれば、とてもそうは言えぬことは明白である。

経済実績であろうがオリンピックであろうが、そんなものでトップグループにはいらなくても、そこに住む人間がよい質の生活を送り、よい物を作り出している限り、それはよい国、というよりよい社会である。

では、生活の質のよさとは何だろう。それには三つの要件があって、まず自分が暮らしている街なり村なりの景観が美しく親和的であることだ。一生そこで暮らすのだから、歩いているまわりが汚くてはかなわない。また殺風景であってはたまらない。景観の魅力だけではない。よい店やよい施設もなければならぬ。そういう愛すべきわが街、わが村の中で生きるのが、生活の質のよさなのだ。

第二に、情愛をかよわすことのできる仲間がいなければならない。これには、何かにつけて助け合うということも含まれるだろうが、昔の共同体的相互扶助の再現をめざすわけではない。人間は一人自立せねばならぬ人類史的段階に来ている。しかし、一人でありつつも、互いに情愛の働く場がなければ、人の生は不毛なのだ。よい質の生活とは、人びとの情愛ある出会いを可能にする、開かれたフリーな場が備わっている生活のことだ。

第三に、人は生きている間、できる限りよい物を作らなくてはならない。例えば私は文章で飯を食っているから、できるだけ粗悪な文章を書かぬようにせねばならぬ。物を作るといってもいろいろある。サービスだって広い意味の物作りだ。自分がたべものの店を出すとしたら、店の場所・構え・雰囲気、もちろんメニューも、まさに創造そのものだ。タクシーのドライバーだってそうだ。運転の仕方、客への接しかた等、まさに自分の創造なのである。みんな一能一芸を極めることができるのだ。

このような質のよいさまざまな創造を、思い思いに実現しようとし、またその実現がスムーズに行くのが、質のよい生活だ。ところが実際には、粗悪で見かけばかりが気をひくような「物作り」が横行していて、本当によい物を作ろうとすれば敗者になりかねない。質のよい生活とは、本当によい物を作る行為がむくわれる生活のことだ。

私はこの世で本当に大事なのは、右に述べたようなことではないかと思っている。だとすれば問題はおのれに帰る。世を憂えてお説教するよりも、自分の書くものに意味があるか、少しは真実に近づいているか、いくらか良質になっているか、自問せねばなるまい。

Ⅱ　インタビュー

近代のめぐみ

マルクス主義史学に支配されてきた戦後の思想

『逝きし世の面影』（平凡社ライブラリー、一九九八年）を出したときに「〝昔の日本は良かった〟と言ってるだけじゃないか」と言われたりしました。なんだかナショナリストみたいに思われてしまって。でもあの本を書いたのには、僕自身ひとつ驚きがあったんです。

というのは、外国人が幕末から明治のはじめに、当時の日本についていろいろ残している記録は前から翻訳で出ていたんです。ハリスの『日本滞在記』とかオールコックの『大君の都―幕末日本滞在記』とか、みんな岩波文庫に入っていたんですから、それも戦後すぐ訳されて。だから、もちろん学者たちは、そのことは知っていたわけでしょうけれど、全く無視されていたんです。なぜかというと、それらはみな「江戸時代というのは、とんでもなく遅れた、貧しく悲惨な時代だった」という見方に反するような証言ですから。要するに「外国人が見たんだから誤解してるんだ」とか「表面を見ただけだ」とか、そういうふうに思うことで安心していたわけです。

ところが、当時の外国人の見聞記は膨大な量があるんです。それだけ膨大なものがあるということが、鎖国から開国された日本が、世界の注目を集めていたことの証明なんですね。「おもしろい、おもしろい、おもしろい……」となったわけです。可愛らしくておもしろい、一種のワンダー（驚異）だったんですね。一人や二人、あるいは四、五人しか言っていないのならともかく、ものすごくたくさんの外国人たちが、口を合わせたかのように、証言が大体一致してるわけですから。もちろんファーストインプレッションというのはいろいろ誤解も含むでしょうけれど、そのなかには、何年という長さで日本に住んでいる連中もいましたし。

ですから、結局は江戸時代の文明、もちろんダークサイドもあったでしょうけれど、いろんな面で驚かされるというのは、人々の表情が「非常に明るい、幸せそうだ」ということなんですね。これはなんと言っても疑い得ないわけでして。そういった「幸福感」というか「満足感」が、とくに庶民のなかに現れているという事実に、彼ら外国人たちは注目したんですね。

で、「それを無視してきたのはなぜか」ということになると、戦後の史学界は、ずっとマルクス主義史学が支配してきたわけです。いや、考えてみるとマルクス主義史学だけではなく、明治史学にしても、江戸時代がいかに後れた蒙昧な時代であったかということを言わないと、維新革命というのをジャスティファイできない、だから明治の新しい支配者たちがそういう非常に暗い江戸時代像を描かざるを得なかったんです。でないと、自分たちのやったことが正当化されないわけだから。

当時の外国人観察者のなかには「なんでこの文明を変える必要があるんだ」と思った人が多い。彼らには「自分たちは後から乗り込んで、従来の日本文明というのを世界のなかに引き出すことによって打ち壊しているんだ」という自覚があるんですよ。つまり「自分たちは日本に変革をもたらそうとしているんだ」と考えていたんです。でもそのときも「こういう変革は必要ないんじゃないか、なんでこんな変革をしなきゃならないんだ」「いまの日本はこれでいいんじゃないか」というふうに思っていた連中も何人もいたんです。それを敢えて打ち壊し変革した。

日本の明治維新は、単に外圧だけでなく、内部からそれに応える勢力、潮流があったわけです。要するに幕府を倒して社会を一新しなければならなかった。それをジャスティファイしないといけないから、やはり戦前は体制派の史学といえども、江戸時代を暗黒時代として描かざるを得なかったし、ましてや戦後マルクス主義史学が支配するようになったら、それはすごかったんですね。戦後の学者だって、当然外国人の残した文献は読んでいたんだろうけれど、耳に入らなかったんですね。

たとえば、旧ソ連における強制収容所の存在なんていうのは、早くから知られていたわけです。何もソルジェニーツィンの『収容所群島』で明らかになったわけではないんです。『収容所群島』がフランス語に訳されたのは一九七三年なんですが、ものすごいショックでした。フランスというのは、ずっとフランス共産党の威信というのが後々まで残っていて、左翼知識人たちはサルトル以下同調者が多かったのだけれど、それでショックを受けたわけです。でも、それでショックを受けたというのもおかしな話で、それまでも情報はたくさんあったんです。だけど、ひとつのイデオロギー体制があれば、情報があっても無視されてしまう。戦後の左翼史学の枠組みのなかで、そういう情報は、みんなあることは知っていたのだけれど、無視されてしまうという状態だったと思うんです。

お芝居のようだった江戸時代の日本

『逝きし世の面影』は、要するにただ「外国人がこう言ってるよ」ということを、文献を広く当たって書いただけのことです。邦訳文献はほとんど読んでいたつもりだったけれど、それでもいまごろになって「こんな邦訳があったのか、知らなかった」というのも出てきました。それから、英語文献だと、僕が読んだのは代表的なものだけです。ましてやフランス語、ドイツ語は翻訳がないかぎり僕はダメですからね。だから訳されていないものまで入れたら、相当な点数になっていると思うんですが、少なくともそれらは僕がいちばんたくさん読んだと思います。そして書いてあることを、素直にまとめただけのことなんです。

ただ、項目立てにはちょっと工夫をしました。たとえば「労働と身体」という項目があるでしょう。日本人の下層階級はじつに立派な体をしてると言うわけです。背は低いけれど、均整がとれて体格がいいと言うんですね。それに対して侍以上の上流階級は、じつに体格が悪いと言うわけ。そんな指摘なんていままでされたことがないですよね。そしてまた、日本人の女はものすごく魅力的だけど、どうして日本の男はこんな「醜いのか」とか、「格好悪いのか」とか（笑）。こんな下世話な話から始まって、いろいろと意表を突く。とくにいちばん意表を突いたのは「農民が豊かだ」と言っていることです。これは、彼ら外国人が見たのは天領が多かったからなんです。だから、藩領に入っていくと「だいぶ違うなあ」という感じは持ったらしいですけれど、でも少なくとも天領においては、じつに「農民の生活は西洋の農民の生活よりもいい」というふうに書いているわけですね。これなんて、戦後書かれてきた歴史は、江戸時代は百姓一揆ばかり起こっていたように書いてきたわけですから、だいぶ違うわけですね。

そして、やはり生活を楽しむというか、彼らは「お芝居みたいだ」って言っているんです。なにもない部屋のなかに、そこにちゃぶ台がひとつだけ置いてある。そうすると食堂になるし、脚を折ってたためば、そこに布団を敷いて寝室になるし、ちょうど舞台の上で道具を替えれば、シーンが変わるようなものです。それで食事しているのを見たら、庶民にいたるまで食器がきれいで。つまり西洋だったら贅沢品になるような、マイセンとかウェッジウッドとか、そういうじつに洗練された食器で食事してるわけです。だからママゴトみたいな、お芝居みたいなって感じたわけです。

それで、とくにこれは江戸娘のことになると思うのだけど、娘の可愛らしさがすごいというので「娘」が当時フランス語の辞典にも載るようになったんです。「ムスメ」という単語で。だから、とにかく可愛らしい童話の国みたいだと思ったんですね。

もちろん内部まで入ってみれば、江戸時代だって百姓一揆もあれば、打ち壊しもあれば、幕府に対するいろいろな集団的陳情運動も、あったのでしょうけれど、しかし少なくとも町の表情や日常生活は「これは楽しいなあ」「これはおもしろいなあ」ということです。たとえば江戸時代は温泉へ行けば混浴で「俺も入ってみたい」っていうわけですね（笑）。

ロシア人のメチニコフが書いているのだけれど「オリエンタル・デスポティズム（Oriental Despotism）」という言葉があります。当時のヨーロッパには「東洋的専制」という概念がありました。この「東洋的専制」というのは、中国とかインドとか、ムガル帝国とか、それから当時のオスマントルコとか、そういう国がイメージのもとになっているのだろうけど、メチニコフは日本は当然そうだと思って来たら、全然そうではなくて「デモクラティックだ」と言うんです、気風がね。上のものが下にものすごく気を遣うという点でデモクラティック。また、お芝居なんかでは、場面転換のときは観客が舞台に上がって手伝うと言うんです（笑）。とにかく非常に民主的である、デモクラティックだと驚いたわけです。

そしてもうひとつは、物価が安いということ。物価が安いだけではなく、江戸時代の後期は全国市場が成立して完全に市場社会になっています。ですから封建社会なんかではないんですよ。完全な近代社会ではないけれど、「アーリーモダン」「近代初期」というべき社会の経済化が完成してる国で、だから各種豊富な商品もあったんですね。たとえば雨合羽というのがある。畳んだら掌にはいってしまう。イギリスにはマッキントッシュというレインコートがあるんだけれど、とてもかなわない。それに安い。日本市場で欧米の商品は競争できないと言っている人もいます。

しかし、それは「機械制工業」ではないんです。いわゆる「マニュファクチュア」が成立しているし、マニュファクチュアまでもいかない手工業も含めて、機械化前としては最高の段階に達しているというふうに感じたわけです。これはオールコックの言っていることです。ですから、いわばそこで、円熟した文明、熟成した文明の姿を見たんでしょうね。

僕が『逝きし世の面影』で書きたかったこと

僕は、外国人の記録に表れているそういう素直な驚きを、そのまま紹介しただけ。それは、別に「日本というのはこんなにすばらしい国だよ」とか、「だからもっと自分の国には誇りを持て」とか、そういうことが言いたかったのではなく、江戸文明というのは非常に愛すべき文明だということなんです。もちろん暗黒面もあったんです、ダークサイドがない社会というのは、ないわけだから。だけど、全体としてとても可愛らしい非常に魅力のある文明。で、そのなかで暮らしている連中がそれに満足しているような社会。それが江戸文明なわけです。

僕らが現代文明のなか、あるひとつの文明社会のなかに生きるということは、それが基準となり、当たり前だと思うことです。でも当たり前ではないのではないか、全然違ったかたちの社会もあり得るのだと思うのです。つまり現代文明というのを相対化するというか、文明にはいろんな可能性があって、人間社会にもいろんな在り方があり得る。何もこの近代社会、僕らが生きてる現代社会というものが唯一の形態ではないという、現代社会を相対化してみる視点を、僕は持ちたかっただけです。

これについて僕が困るのは「昔の日本は良かったですね、あんな昔の日本を取り戻すにはどうしたらいいんでしょうか？」というように話を持ってこられる方がいることです。あの本（『逝きし世の面影』）については、インタビューを何十回受けたかわからないんですが、正直言ってこの質問にはうんざりしています。僕は『逝きし世の面影』のなかで「昔が良かったから戻りましょう」と言っているわけではないんです。だって、戻ろうと言ったって、戻れやしないわけです。そんなことは不可能なんですから。

それは昔良かったものが悪くなったというのではなく、現代社会は昔になかったいいところがたくさんある。けれど、人間の歴史というか人間の文明や社会の動いていく道筋というものは、新しき良きものを獲得したら、古き良きものを失わねばならないという代償を伴っているんです。ですから、過去には戻れないのだけれど、ただ、かつての古き良き文明……「良き文明」という呼び方も本当は困るんです、さっきから言ってるように、江戸時代だって暗黒面もあるわけだけど、しかし少なくとも持っていた「美点」というもの、こういったものを近代文明のなかで、また違ったかたちで実現していくような指向性というものは感じ取れると思うんですね。

だから僕のあの本を読んでいただいて、「昔は良かったなあ。それなのに日本はダメになった。誰が悪いんだ」みたいな、そんなふうな話に持っていくんじゃなくて、全然異質な文明ですからね。そういうものを失った代わりに、自分たちが何を得たのか。その得たものが大事なんですよね。

しかし、その得たもの、つまりこれは近代化ということの意義、要はメリットと言ってもいいですけど、そのメリットをしっかり押さえながら、しかしなおやはり日本の過去の文明が持っていたような美点というものを、また別なかたちで発揮していくような、そういう工夫はあっていいと思います。それぐらいのことです。大したことを言ったわけではありません。

江戸時代の侍とはどのような立場だったのか

ただ、江戸社会というのは、これはなかなか上手くできていて……。というのも、不思議なんです。なぜかと言うと、江戸時代の初期は、じつに殺伐たる時代だったんです。だって、「幕藩体制」と言われたように、中央に幕府があって、そして日本全国に天領と、天領以外の小さいものも入れると藩が三〇〇ぐらいあったのではないでしょうか。日本全土は全部、いわば軍事占領されたわけです。

戦国時代が終わり、それから織豊《しょくほう》時代が終わって、それぞれお互い自分たちの領土を広げたり削ったりする戦いを熾烈にやってきて、そして「元和偃武《げんなえんぶ》」と言って、戦乱が終わって平和になった。大坂冬の陣、夏の陣が終わって、もう戦がなくなったことを「元和偃武」と言うでしょ。「元和」というのは年号、「偃武」というのは武器を置くということです。それで、元和偃武で平和になったんだけど、実態は、まだ武装勢力が各領土、各地域を占拠してるんです。だから「ギャリソン・ステイト（Garrison

State)」、つまり兵営国家だったんです。

たとえば肥後藩でも、軽輩《けいはい》を入れたら一万人以上の侍がいました。一口に侍と言っても、武家社会の仕組みはなかなか複雑で、庶民から見たら同じ侍でも、やっぱり百石以上はちゃんとした侍で、それ以外はいわゆる足軽、軽輩なんです。しかし、その連中も含めて少なくとも一万人をこえるぐらいの士族がいたわけです。当時の熊本県の人口がどれだけだったのか、正確に知らないけど、とにかく人口に対して膨大な数の日本刀を差したやつが駐留していたわけです。なので、江戸初期は百姓と武士権力との争いも凄まじいものがあったんです。とにかく日本の戦国時代の末期、室町時代の後期、これはアナーキーな時代で、そして百姓はみんな武装していたんです。

たとえば織田信長の軍隊であるとか言っても、実態は武装した百姓でした。そのなかから成り上がった秀吉は典型ですが、百姓から成り上がって殿様になったやつはたくさんいたんです。百姓はそれだけの実力を持っていたし、また自尊心も持っている。だから、江戸時代初期に起こった百姓一揆というのは、殿様の首を取ったり、弾圧されるほうは徹底的に皆殺しにされたりと、凄惨な様相だったんですよ。

ところが、江戸時代も中期になって収まっていくと、百姓一揆というのは鎌を持ったり、鍬を持ったりしたりしているけれど、あれはシンボルに過ぎなかったんです。要するに、春闘みたいなもので、藩当局とのゲーム化した交渉でした。だからある程度のところでの手の打ち方もわかっていた。そして百姓の側では犠牲者を、たとえば代表者が二人ぐらい、あるいは四、五人、首を斬られるということもありましたが、ちゃんとルールがお互いにあるような、そういうものになってしまったんです。ですから百姓一揆と言っても、さほど革命性のあるものでは決してなかった。なかには例外的に幕末になったら、ちょっと革命性を帯びたのもありましたが、一般的傾向としては、一揆というのは幕藩体制を少しも否定するものではなく、百姓の条件闘争でした。

侍も、江戸時代の十七世紀、つまり元禄時代ぐらいまで、当然のように、抜いた、斬ったをしていました。往来を歩いていたって、向こうの泥のはねがかかったというくらいでも、斬り合いが起きていたほどです。たとえば、ある藩の江戸屋敷で、火事が起こったからみんなで見ていたわけです。そしたら「あの火事は消えた」、もう一人は「消えん」と言うわけですね。それでケンカになって、お互い刀を抜き合って血を見る。だから、戦国の余風というか非常に殺伐たるものがあったんです。

ところが十八世紀に入ったら、とくに吉宗以降、刀を抜いての刃傷というのは本当になくなるんです。いわゆる切り捨て御免的なものも、やろうと思えばできたわけですが、やったら、取り調べられて後が大変なんです。よほど理由がないと、かえって武士が処罰されますから。なので、侍が町人から侮辱されても「どうだ、抜いてみろ、抜けまいが」と言われるような、そういうような状況でした。

うまくいっていた身分制度

あのころの実話集からいろいろ拾ってみると、たとえば田舎から出てきた若侍が、盛り場で中間《ちゅうげん》たちから侮辱されて殴られて我慢して。そしたらまたその次に出会って「また出会ったなあ」と言われ、さらに嘲弄しようとするから、侍はたまりかねて斬って捨てた、という事件があったんです。その場合はお咎めなしでした。

だから、町人のほうが侍に対しては図に乗ってたわけです。たとえば飲み屋で、侍の刀が自分に当たったとか言って、それを取り上げてしまって、侍が平身低頭して「返してくれ、返してくれ」って。でも町人は「返さない」と。それで見るに見かねて、ほかの武士がその町人を叩き斬ろうとすると、町人が慌てて返したという話もありました。その侍はなんで我慢したかというと、藩邸を無断外出して酒を飲んでる。だからそのことが明るみに出てトラブルになったら困るでしょ。侍にとっても窮屈なものだったんです。それだけ束縛されていたというか、だから映画みたいにそう簡単に切り捨て御免なんかできるわけない。

後々、大坂の侠客の親分になった男の若いときの話です。いまで言うところの、ヤクザの走り使いぐらいの若者がどこかの中間と二人で土手で涼んでいると、強そうな侍が通ったんです。そしたら中間が「どうだ、あの侍にはちょっかい出せないだろう」と言い「やってみる」と言うわけで、その威勢のいい若衆が、侍に組み付いていくわけです。そしたら侍はバーンと投げ捨てるわけです、そしたらまた組み付いていく。また投げ捨てられる。そしたらまた組み付いていく。侍が「どうしてそう組み付くのか、どうすりゃいいんだ。どうしたらおまえは気がすむか」と。そうしたら「詫び証文を書いてくれ」と。それで、侍はうるさかったんでしょう、詫び証文を書いたんです。どういう詫び証文だったかは分かりませんが、とにかくおまえを投げて悪かったとかなんとかだったのではないでしょうか。それでその男は関西で名のある親分になって、その詫び証文を一生額にしてかけておいたらしいです。だから庶民にとって武士は、負けちゃいけない挑戦しがいのある存在だったんです。江戸っ子が言うでしょ、「二本差しが怖くてメザシが食えるか」って。

幕府の役人が、夜まで仕事して終わって、遅くに帰ろうとしているときに、町人同士が道をふさいでケンカしているんです。通れないから「通せ」とその侍の家来が言ったら、町人は刃向かってくるわけですよ。さんざん刃向かうから、しょうがないから家来は刀を抜いて町人を斬る。でも殺さないようにちょっとだけ斬る。それでもまだ向かってくるんですよ。しょうがないから最後は斬り殺すわけだけど。そのとき、この事件があったことを辻番所に届けるわけです。要するに、江戸っ子の意地なんです。自分が斬り殺されるまで、江戸っ子の意地を通すわけ。つまり侍に対しては、そういう江戸っ子の意地の通しようというものがあったんでしょうね。

それからまた別の話ですが、侍の子どもで、塾に行くでしょ。途中必ず町の悪ガキ、ガキ大将がいて、侍の子どもを捕まえて殴るんです。年も上で体も大きいでしょ。子どもはたまりかねて親父に「斬っていいか」って聞くと、親父は「斬らずに突け」と言うのです。確実に相手を殺すには突く方が有効ですから。そのあと塾へ行くと、またそいつが出てきて殴ろうとするからそのときは、少年は親父から言われた通り突き殺したわけです。名古屋の事件でしたが、そのことでその親子は、名古屋を立ち退いて身を隠さねばならなくなりました。また、川路聖謨《かわじとしあきら》という幕末の有名な能吏がいました。長崎でプチャーチン艦隊を応接した人です。勘定奉行などをやった人ですけど、この川路聖謨も小さいとき町の子に塾の行き帰りに泣かされて泣吉《なきち》って仇名がついたそうです。

勝海舟の親父の勝小吉なんていうのは、五十石ぐらいの御家人です。彼の実家のもとを辿ると、海舟のひいじいさんあたりが、越後から出て来た盲人です。でも出世して検校《けんぎょう》になって、金を貯めて金貸しをした。そして金を儲けて、旗本の株を買ったんです。それで「男谷家《おたにけ》」という旗本になったわけです。その男谷家から、幕末の剣術の名人も出てるんです。そういう家柄の男谷家から勝家に小吉は養子で来たわけです。勝小吉には自伝があるんです。その自伝を読むと、町の子どもと全然変わらなくて、町の子どもたちと毎日ケンカです。昔は、町内が違えば、町内同士の子どもがケンカしてましたが、それと同じようなものです。

しかし、江戸時代の「侍」はひとつの身分であり、庶民は尊敬せねばならなかった存在だし、事実尊敬していた側面もあったんです。これは中野三敏さんという、九州大学の名誉教授で国文学者で江戸文学の第一人者ですが、この人が言うには、要するに左翼史学は、庶民が侍に反抗していたように言うけど、そうじゃなくて侍というのは庶民の憧れの的だったんだ、これは芝居の「助六」を見たらわかるだろうと言うわけです。つまり、武士は民衆の規範だったとおっしゃっている。もちろん規範と言っても、実際の侍には、とくに江戸の御家人なんていうのは家禄も四十石とか五十石で無頼漢みたいなのもいっぱいいいて、お役にも就けないで、与太っているのもいたけれど、しかし建前としては歌舞伎の芝居に出てくるように「侍はこうあるべきだ」という規範があって、それがやはり庶民のひとつの憧れであり、またそういうものに倣うことが庶民の道徳であったと言っているんですね。

ですから、この身分制というのはわりと上手くいっていたわけです。そしてしかも、武家の身分というのは、株を買うことで成り上がっていけるのですから。さっき言いました川路聖謨、彼は九州の地侍の出身です。男谷家は越後の農民だし。とくに幕末の能吏の出身というのはそういうのが多かったですね。ですから広範な社会的流動があったわけじゃないけれども、しかしちゃんと勉強さえすれば、あるいはお金さえあれば、身分的上昇を図ることができた。だから侍というのは箱《ボックス》みたいなものですね。ある手順をとったら、そこに庶民からでも入り込んでこれるという、そういう仕組みがあったんです。江戸時代というのはそういった意味での柔構造なんでしょうね、だから二百七十年も長続きしたんだと思うんです。鎖国ということもあったんでしょうけど、平和な社会になりましたから。

江戸のニッチな世界と公正さ

江戸時代はとくに商業が盛んとなり全国市場が発達しました。吉宗というのは「米将軍」と言われていて、大坂の堂島の米相場にずっと注目していたそうですから。そして、非常に職業というのが細分化されて、つまり大企業に就職しなくたって生きていけたんです。もちろん大企業なんてなかったですが。イザベラ・バードという、日本の旅行記を書いた女性がいて、馬に乗って東京からずっと東北を縦断したんです。平凡社の東洋文庫から出ていましたけれど、これは抄訳で、僕は元の英語本で読みました。完訳がやっと最近東洋文庫からまた出ました（『完訳　日本奥地紀行』）。

それで、バードが新潟に行ったときの話なんですが、とにかく店が細分化してるというんです。つまり櫛なら櫛しか売らない、扇子なら扇子しか売らないという。生態学的に「ニッチ」と言うでしょ。生物がそれぞれ自分のある位置を占める、それを片仮名で「ニッチ」と。つまり同じ木にしても、上のほうはこういう鳥が棲んで、下のほうにはこういう鳥が棲むとか。また同時にその木には虫も棲むとか、棲み分けによって、それぞれの自分の生きる位相というかな、それを「ニッチ」と言うでしょ。そのニッチが多かったわけです。たとえば、キセルがあります。キセルというのはヤニが溜まるでしょ、だから掃除をしないといけない。それを掃除する専門の職人がいて、掃除道具を抱えてずっと町中触れまわっていた。キセルの掃除だけで飯が食えるわけです。そんなふうに、職業が非常に細分化されていて、それは決して豊かな暮らしとは言えないでしょうけれど、でも最低限の生活は保障されたんですね。いまと違って、社会保障体制がない代わりに、庶民の相互保障がありました。村は言うまでもなく町内でもです。江戸時代は町内というものがあって、困ったやつの面倒はみんなで見るという意識があったんです。

そして西洋人が感心したのは、法律が公正だと言うんです。つまり西洋の階級社会の場合だと、貴族は罰されないけれど、一般民衆は罰されるというようなことがあったのだけれど、日本では、侍も殿様も罰せられたわけです。これは事実です。非行を行ったら藩主も改易になる。侍も、幕府の役人も、商人と結託して腐敗したら、処罰されるというふうに。もちろんすべてが処罰されたわけじゃなく、腐敗した部分も相当あったんだろうけれど、しかし少なくとも裁判においては甚だしい例は処罰されていました。だから、日本の裁判は非常に公正だって言うんです。とくにオランダ人はずっと日本にいましたからね。長崎の出島から出なかったけど、年に一遍、江戸に旅行しましたから。後では四年に一回になるんですが。そのオランダ人がそう言ってるのです。

法は厳しいんです。十両盗んだら打ち首ですから。十両で打ち首だから、実際二十両盗まれても、三十両でも、「九両五分」って届けていたんです。そして江戸町奉行所も「九両五分」と書くように勧めていたんです。打ち首にしたくなかったんですよ。訴えるほうも、打ち首となると気が咎めます、化けて出てこられても嫌だからね（笑）。だから、建前と実態が非常に違う。そこは西洋人も気付いていたんですが、建前が厳しくても実態で運用していくということです。それをナイブン（内分）というんだと彼らは書いています。

子どもが火付けして火事を起こしたら、本当は火付けは重罪で磔《はりつけ》なんですけれど、代わりに大きなお灸を据えたという（笑）。つまり火事を起こしたわけだからデカいお灸、という話もあるぐらいで、非常に運用が柔軟なんですよね。そしてやはり日本人の、これはやはり国民性と言うのか、お互い気を遣って——お互い肩がぶつかっただけで「なんだテメエ」とか言ったら、もう険しい嫌な社会になるでしょ。ですからそうではなく、お互いに気を遣って和やかにやっていくというふうな、そういうふうなひとつの合意が成り立ってると、西洋人は言うんです。

町は庶民の共同空間

だから旅をするにしても、東海道をてくてく歩いて、疲れたらすぐお茶屋に入るから、街道には茶屋がいっぱいあると言うわけです。茶屋に入ったら、自分の知らんやつでもすぐ仲良しになる。そこで話し込むんですね。それで「いつかは着くだろう」という調子で、つまり「タイム・イズ・マネー」なんて観念はなかったんです。これはブラックという西洋人が書いているんですが。またブスケという西洋人は「日本には近代工業は成立しない」と言っている。労働者がそういうのを受け付けない。サイレンがウーと鳴ったらそのときは門に入ってとか、そういうのは駄目だと。なぜかと言うと、あいつらはよく働くけど、必ず途中で煙草休みとかなんとか言って、好きなときに休む。そして祭りがあったら、祭りが優先だから出てこないで、また休む。

つまり、近代的労働規律が確立しないんですね。労働の主導権を働く人間が握っているんです。ちゃんと働く代わりに休みたいときは休む。だからオールコックというイギリス公使は、日本人は自律的だと言ったんです。自律的と言うのは、つまり自分の思うように生きられるということですね。

何か珍しいことがあったら、すぐにうわーっと大群衆が集まってくる。いわゆる野次馬です。よくそんな暇があるな、と。普通に会社勤めかなんかしていると、何かあってもバッと飛び出して見に行くわけにはいかないでしょう。とにかくワーッと来るというのは、要するに日本人は自分の時間を好きなように使えていたんだ、というのです。

また、結婚するにしても、イギリスだったら、何百ポンドかないと結婚できないというわけです。世間体もあるし、家だって借りなきゃいけないし、家財道具も入れなきゃいけない。日本人ときたら、鍋、釜、茶碗と布団さえあれば、寄ってすぐ所帯ができる、お金なんかいらない。つまりそれだけ生活が、他の外的条件に縛られてなかったんですね。

そして、イギリス公使の夫人が、漁をしてる有り様を見たら、引き網に魚がかかってくる。そばには遭難事故で夫を亡くした未亡人とか、年を取ったばあちゃんとかがいて寄ってくる、全部分けてやる。だから、共同性というかコモンズ《共有地》ですね。コモンズというのは、イギリスの思想家のイヴァン・イリイチという思想家によれば、こういうことです。一本の大きな木があれば、その下は集会所にもなるし、あるいはそこから落ちてきた実は豚が食べるし、要するにみんなが共有で使える空間というのがある。また「通り」もコモンズだったというわけです。いまでも中南米、メキシコあたりへ行ったらあるかもしれないけれど、道路にまでいっぱい店の品物がはみ出していたり、子どもが遊んでいたり、そして老人がチェスをしていたり。江戸時代の日本の町もそうだったんですね。ところが自動車が通るようになったら、一切全部排除してしまった。西洋人が言うには、日本の母親というのは朝になったら全部子どもを追い出す。子どもは外で遊ぶもんだ。だから町中を子どもたちが占領している。西洋人なんかが日本の道を馬車で通ったりしても、日本の子どもは微動だにしない、相手がよけてくれると思ってる。だからイギリス公使の夫人なんていうのは、「私の馬丁は」、馬丁というのは、つまり馬車の先にダッシュしていく男です、五〇ヤードだったかな、「五〇ヤードごとに一人、人命を救っています」と言う。つまりばあちゃんが邪魔だから「ばあちゃん、馬車にひかれるよ」と抱えていく。子どもに「おう、坊や、危ないよ」と。つまり町は庶民の共同空間でした。

こうして明治維新は起こった

だから徳川社会って非常にいい社会だったんです。ただ、何が問題かと言うと、要するに武士階級の人間が多すぎたんです。幕臣もそうですけど、ほとんどが小普請といって、お役が就かない。家禄は来るけど、その家禄も後でどんどん減らされていく。

実際百石だとしても、半分とか三分の一しかもらえないということもありました。

幕府も各藩も膨大な家臣団を抱え込んでいます。江戸時代は「侍」というのは、じつは二本刀を差してるけれど、軍人じゃなくて役人、要するに行政の役人でしたね。だけど、行政のポストってそんなにないわけです。肥後藩だって、一万数千人なんて抱えてる必要はないんです。いまの県庁だって、四千人とか五千人ぐらいでしょう。人口はいまのほうが比較にならないほど多いのに。二万人近くも侍を抱えてそれを養わなきゃいけないわけですから、それが最大の矛盾だったんですね。だから庶民の上層のほうがよっぽど生活はよかったんですよね。家臣団を抱えて、それを整理できないというその硬直性。侍階級という不生産階級、まったくの不生産階級ではなく、一種の公務員、行政職なんだけれど、でも家臣団から行政職に充てるものといったら、ごくわずかで済むのに、それ以上の膨大な人数を抱え込んでいる。だから役職に充てられないやつは不満。だから侍から明治維新が起こってくるんですよね。

それでおもしろいのは、殿様というのは何の権力も持たなくて、全部、家臣団が持っていた。学者で『主君「押込《おしこめ》」の構造』（笠谷和比古、講談社学術文庫）という本を書いてる人がいます。主君を押し込めるわけです。「主君押込」というのは、その主君が非常に暗愚で女に溺れたり、それからお金を湯水のように使ったり、あるいは勝手に家臣を手討ちにしたり、そういう暴君の場合、押し込めるわけだけど、そうじゃなくて改革をやろうとしたら、押し込めるというケースがあるんです、守旧派の上級家臣たちが団結してね。藤沢周平さんが晩年に書いた小説の『漆の実のみのる国』(文春文庫)というのは、上杉鷹山《ようざん》が改革をやろうと思ったら、鷹山は養子だから、家老たちがさせないわけ。それで引退した前の殿様が出てきて、「おまえら、俺の養子殿を馬鹿にするのか!」って重臣たちに言ったというのです。そういうふうに、改革をやろうとするやつがいたら押し込めてしまう。押し込めるというのは隠居させるわけですね。ですから家臣団にもう権力が移っているんです。だからこそ、薩長が倒幕の主力になれたわけですけど。長州の殿様というのは「そうせい公」というあだ名があって、何か問われると「そうせい」と言うから、「そうせい公」。

そして日本が開国せねばならなかったのは、もちろん江戸時代のいま言ったような矛盾、膨大な家臣団を抱えて、つまり藩経営が火の車だということ、町人たちにもう実権は握られてしまうということ。そういうことはあるけれども、日常生活からいったら、庶民が革命を起こすようなことなんて何もなかったんですね。

ただ、江戸時代の構造は、幕府や藩があまりに膨大な家臣団を抱え込んでいたから、常に恒常的な赤字財政で、商人階級に実権を握られてしまうというのは構造的な危機なんですけど、だけど、それだけでは江戸時代はまだそう簡単には倒れなかったんです。

というのも、藩自体がいろいろ改革をやって、薩摩の場合は「薩摩の殿さんというのは質《たち》が悪い、借りたら返さん」というんで、関西筋の商人はお金を貸さなくなったんですよ。だいたい当時金を借りるとなったら関西筋の大坂商人とかに借りるんだけど、金を貸さないわけです。負債が何百万両ってあったんです。それを立て直したのが、中級家臣から成り上がった調所笑左衛門《ずしょしょうざえもん》という非常に商才に長けた男でした。彼は奄美大島の砂糖生産を藩の専売にして財政を建て直した、肥後の場合は櫨《はぜ》を植えさせて櫨蠟を専売化したんです。そういう藩による殖産興業、もちろん上手くいく藩も、上手くいかない藩もあったんですけど、とにかくそういう藩政改革によって乗り越えた例もあったので、幕藩体制は簡単には倒れなかったんです。倒れたのは外圧ですね。

近代国家の成り立ち

だけど、日本の歴史学というのはおもしろい。マルクス主義というのは、社会内部の発展によって社会は変革されていくという、つまり階級対立、社会内部の階級対立によって社会が変革されていくという立場です。ですから、国外からの外圧で革命が起こったということを認めたら、つまりマルクス主義理論が否定されたように思うわけです。でも、そんなことはないですよ。だって世界はひとつなんですから。資本主義というのは一国資本主義で成り立っているのではなく、世界資本主義ですから。要するに日本の改革というのは、世界資本主義の市場に取り込まれたということなんです。

ウォーラーステインという、このところずっと流行ってきたアメリカの歴史家がいるけれど、彼が「近代世界システム」と言っています。その近代世界システムに取り込まれたんですよね。ところがその近代世界システムというのは、それぞれに成立した民族国家というものが、政治的・経済的ヘゲモニーを巡って争う、ひとつの闘争の場なんですね、闘技場なんですよ。とくに経済は一国だけで成り立っていないで、世界規模で連動してますから、その世界経済の中で優位を占めるか、あるいは劣位を占めるかということで一国の生活水準が変わってきますよ。とくに近年はその傾向が強いわけでしょう。ですから「失われた二十年」とか、最近は言うわけで。

だから、日本が「ジャパン・アズ・ナンバーワン」とか言われていた時代は、国内はみんな良かったわけだけど、失われた二十年になって経済運営が失敗して、国際的な経済地位が低下すると国民生活も悪くなる、直結するわけでしょう。そういうふうな国民国家のシステムなんですね。つまり現代の世界というのはグローバリズムとかなんとか言いながら、実際は国民国家を強化しています。では、その国民国家のシステムがいつできたかと言うと、これが完全にできあがったのはフランス革命でした。

つまり、近代国家というのは、国のために国民が命を捨てるということで成り立ってるんです。「お国のために」ということがないなら成り立たない。「国なんて必要じゃないよ」なんて言うんだったら、これは反逆者ですから（笑）。その国民国家によって国際社会が構成されている状態を「インターステイト・システム（Interstate System）」というふうに言うわけです。そのインターステイト・システムは、近年になればなるほど経済的な競争が激しくなるんですね。だからそこがやはり近代国家の問題点だけど、幕末の人たちはみんなその点を痛感したんです。

つまり、日本はいままでは自分の国の中でやってきた。もちろん最近では「鎖国なんかなかった」なんていう議論もあります。最近というよりも、三十年前ぐらいから鎖国の見直し論はあるんですが、だけど、一定の鎖国をしていたことは間違いない。もちろん窓口は幾つか開かれていた。長崎だけではなく幾つかの窓口が開いていたというのも事実です。けれど、オランダと中国船以外の外国船は来てはならないという、それも事実だったわけですから。

それが開国によって国際市場に開かれたわけでしょ。そうすると彼らは実感したわけです。政治的に言うと、もちろん「植民地化の危険性」ということがありますけれど、それだけではなくて、要するに「近代化しないと日本は経済的にも政治的にもダメ、全部やられてしまう」、つまり近代国家のシステムというのは、政治的・経済的にその中でお互いの優位を争うシステムだとさとったのです。

サッカーには世界順位がついてるでしょ。あれと同じようなもんですよ。そこから蹴落とされていくということは、踏んだり蹴ったりの目に遭うということなんです。

つまり経済的に搾取される一方の、発展途上国になってしまうわけです。だから、富国強兵という考えがでてくるのです。つまり強い軍隊を欲する。そのために近代産業を育成する。この必要に直面した。それを彼らは「万国対峙の状況」と言ったんですよ。万国と対抗する状況、まさにインターステイト・システムそのものずばりの表現です。要するに、幕末の志士たちは、みんな狭い日本から一歩出てみたら万国対峙の状況だということ、うかうかしておれん、ぼやっとしとったら蹴落とされて舞台の隅っこに置き去られてしまう、ひどい目に遭うと思って、富国強兵に向かったんです。それが開国だったんですね。

江戸時代が倒壊せざるを得なかった理由

江戸時代というのは非常によくできたシステムだったのに、それが倒壊せざるを得なかったのは、近代国民国家が形成するインターステイト・システムの中に出ていく、つまり近代国民国家同士が競争し合う厳しい生存競争の中に出ていくためには、徳川体制ではダメだというのが原因だったんです。

なんでダメかというと、たとえば外交などは、徳川将軍というのが国の支配者だと思って交渉していたら「京都に聞かないとご返事ができません」と言う。「京都ってなんだ!」「天皇というのがいらっしゃいます」「何ものだ、天皇というのは!」ということでしょ、二重外交になってしまっています。だから幕府が約束したことも、朝廷がうんと言わなきゃダメ。その朝廷のうらには反幕府勢力が、長州がついてるわけです。そんなふうな体制で万国対峙の状況には出ていけないですよね。だから統一国家をつくらなきゃいけない。統一国家をつくるにはどうするか。薩摩の殿様は自分が代わって将軍になるぐらいに思っていたけど、そんなので上手くいくはずはない。将軍は、もちろんダメ、引っ込めないといけない。そうすると天皇しかないということで、なんの実権もなかった天皇を引っぱり出してきたわけですね。

だから日本の近代化というのは、そこから始まったんです。江戸時代というのはなかなかいい社会だったのに、ダメな理由を簡単に言えば「国際社会に通用しない体制」だったから。それだけのことなんですよね。

だから僕が『逝きし世の面影』で書きたかったのは、国内的には、問題はいろいろ抱えていても、やはりそれなりに上手くいっていたシステムなのに、それがなぜそういうものを打ち壊して明治国家のシステムをつくらざるを得なかったかという、そういう問題があってあの本を書いたつもりでした。

ただ、江戸幕府が近代化するコースもあったんです。フランスと結んで近代化をしようとしていたんですよ。フランスから資金を導入して、横浜に製鉄所をつくろうとしたでしょ。将軍は、あのときは十五代将軍慶喜、昔気質の幕臣は慶喜が幕府を売ったと考えたわけです。慶喜が錦の御旗に抵抗しなかったからですね、すぐ江戸に逃げ帰って恭順の意を表しました。

その前に幕府は、三百以上ある藩のなかで重要な藩を集めて、将軍、それから、薩摩の殿様、長州の殿様たちで会議をひらき、それで幕府主導のもとで日本を運営していこうとしたんです。もしそうだったら、日本はあんな急激な近代化はできなかったですね。あるいは中国の近代化が失敗したように、失敗したかもしれませんね。しかしまた、もっと穏便で漸進的な近代化のコースが開けたかもしれません。だからいろんなコースがあったと思うんです。だけど、日本のああいう急激な近代化、とにかく国際社会に適応するためには、過激な近代化をやらざるを得なかった。しかし、それに成功したというのが、また日本のすごいところで、それは徳川時代の遺産、国民の教育程度の高さがあったからです。

日本の当時の識字率というのは世界No.1だったんです。ヨーロッパの近代的な国家より、識字率はずっと上でした。さらに、いろんな意味での勤勉の習慣。日本の経済史家でおもしろいことを言ってる人がいまして、ヨーロッパでは産業革命（インダストリアル・レボリューション／Industrial Revolution）が起こったでしょう。それに対して同時代に日本で起こったのは勤勉革命（インダストリアス・レボリューション／Industrious Revolution）。つまりインダストリー（Industry）には二つの形容詞形があるでしょ。「industrial」と「industrious」ね。勤勉革命とはどういうことかというと、要するに産業革命は資本投下、勤勉革命は労働力投下。だから同じ土地に対してそれまで以上の労働力を投下して土地の生産性を高める。それを勤勉革命と言っている有名な経済学者がいるんです。だから、江戸時代はそういう「勤勉」という美徳を徹底的に教え込んでいたんです。

それはひとつは、「石門心学《せきもんしんがく》」というのがあって、それが庶民に道徳的に心を説いて、勤勉に働けば貧乏を克服できますよ、勤勉に働いたら一家楽しく暮らせますよという。

もちろんそれは儒教から出てきてるんですよね、儒学から。「儒学」は日本には早く、南北朝のころから紹介はされていたんです、あれは宋学ですから。南北朝のころはすでに儒学は招来されているんだけれど、その儒学というのが社会の支配的なイデオロギーになるのは、江戸時代になってからなんですよね。それも五代将軍犬公方、綱吉以降です。

だから、そういうような儒学の普及というものが、そしてまた中国儒学と違った日本儒学が、荻生徂徠とか中江藤樹とかいろんな学者によって成立してくるでしょう。そういうのが通俗化したかたちでの石門心学というのが、庶民に浸透していった。だから「勤勉」という徳目が日本庶民に徹底したんですよね、農民にも職人にも町人にも。与太って遊んでたのは、江戸の御家人と博徒ぐらい（笑）。

もし日本がヨーロッパに近かったら？

有名なマックス・ウェーバーの『プロテスタンティズムの倫理と資本主義の精神』

（岩波文庫）というのがあるでしょう。それに対してベラーというアメリカの学者が『徳川時代の宗教』（岩波文庫）というのを対比して書いた。だからそういう勤勉の精神というのは、やはり資本主義に適合的だったんですね、しかも高い識字率。

そして、明治維新は決して無血革命じゃないんですよ。戊辰《ぼしん》戦争があったわけですから、かなりの流血をしてるわけです。しかし全体として言うなら、フランス革命、ロシア革命のごとき社会的混乱、流血は伴わなかったわりとスムースな権力移動でしたね。明治の指導者たちは藩をなくしたんですけど、これはすごいことなんです。だって、侍は全部藩に所属していたわけでしょ。要するに主君を廃位した、主君殺しをしたわけです。そして徹底的に刀を取って、洋服を着せちゃったわけでしょう。

あの一種の革命性、というのは、やはり日本は外来文明というのに対して受容力が高い。かつての日本国家の形成、つまり中華文明の伝来、仏教や文字の伝来によって日本国家が奈良朝に成立したのと同じことで、やはり日本というのはユーラシア大陸の吹きだまりなんだということなんですね。近代になったら蒸気船や、帆船も往き来するけれど、少なくとも江戸時代のはじめころまでは、太平洋横断なんて非常に危険を伴う航海であって、あっちは太平洋だから、高度文明はもう中国から来ざるを得ないわけだ。もし日本がヨーロッパに近かったらもっとおもしろいことになっていたと思います。あるいはアラブ圏に近かっただけでもおもしろかったかもしれないけれど、中華圏に圧倒的な影響を受けたでしょ。それによって国づくりをした国だけど、でも自分のオリジナリティもなかったわけではないんです。日本人というのはいろんな細かい点では非常にオリジナリティがある。生活文化でも。しかし、大きなシステムをつくるとか、大きな思想をつくるとかいう能力はない。大思想をつくった日本人はおらず、大きなシステムを考えてつくり出した日本人もいません。

そういうものは、かつては中国文明、それからヨーロッパ文明がつくり出した。だから、中国によって日本という文明が成り立ったのと同様に、日本文明が世界に出ていって、今度は近代文明を受け入れるという修正があったんですね。明治十一年にイザベラ・バードが書いているけど、日本人の当時のインテリに会うと、インテリというのは武士出身ですが、昔のことを聞くと、「昔はひどいものでした」と、みんな口をそろえて言ったらしいです。

また一種の日本人の無宗教性。日本は室町時代、戦国時代がいちばん宗教的な時代だったんです。鎌倉新仏教が興って、その鎌倉新仏教というのが力をつけてきたのは、たとえば浄土真宗の真宗教団にしても力をつけてきたのは室町期でしょう。戦国時代には、例の石山戦争を起こして、信長、秀吉を悩ませたわけでしょ。非常に信仰的な時代、そしてキリスト教も入ってきましたね。

ところが一転して江戸時代になったら、非常に一種の「セキュラリゼーション（Secularization）」というもの、世俗化が進んだんです。信仰心がほとんど薄れてしまい、ものすごく現実的になりました。だから幕末に来た西洋人は「日本人は無神論者だ」とみんな言いますね。でも、無神論者ではなくて、仏教とかそういう教派的なものは影響力を失っている。だから教団、教派的なものは弱いけど、要はアニミズム的な信仰が強いんです、でもそこは見えないもんだから「無信仰の民だ」ってびっくりしちゃうんですよね。そういうことも日本の近代化と、やはり関係があったのかもしれませんね。

近代化がもたらしたもの

日本の近代化というのは、押し付けられた西洋思想ではないんです。押し付けではなくて受け入れたんです。僕の今度の本のタイトルは『近代の呪い』（平凡社新書、二〇一三年）となっていますが、これはわざと挑発的にそうつけたのであって、読んでいったら、「近代のめぐみ」というのが中身かもしれません（笑）。近代というのは紛れもなく、やはり人類にいろんな恩恵を施したんですから。そういう近代が施した恩恵というものがない時代に再び「帰れ」って言っても帰れはしませんから。

たとえば、昔の日本家屋というのは夏向きにつくられているから冬は大変ですよ。ところが昔の日本人は寒さに強かったんです。火鉢ひとつ、炬燵《こたつ》ひとつでしょ。それで西洋人がびっくりするんだけど、西洋人が遊びに来ると座敷に入れて、武家屋敷は庭がついてるでしょ、庭に雪が積もっている。「雪景色をお見せしましょう」とか言って、パーッと障子開いちゃうわけ。西洋人「寒い～」って（笑）。でも侍は平気なわけ、寒さに強い。だけど、いまの日本人はもうそんな生活できないでしょう。

衣食住や交通手段のあらゆる面で、現代のような生活の豊かさというのは、そんなものは日本だけじゃなく、世界中にもなかったわけですからね。それまでは定期的に起こってくる飢饉や疫病というもので、人口が増えていくと必ずそれでまた減ってくるという、これの繰り返し。生産高も上がって豊かになると、またそれで人口が増えて、マルサスの罠ですよ。人口が増えて人口が低下するという繰り返しだったのが、それを突破したのが、十九世紀になってからですからね。昔は一部の人間しか豊かな生活ができなかったわけ。ところがいまでは「貧乏だ、苦しい」と言っている人も、昔のレベルで言ったらけっこうな暮らしだということがある。つまり、徹底的な貧乏、本当の貧乏というのはなくなり、すべての人間が、ある程度の生活水準で暮らせるようになった。これはとっても大きい事実で、決してバカにしちゃいけないことです。そしてまた、これを失うこともできない。でもそれをもたらしたのは近代ですから。

しかも、やはり人権というものが確立した、いわば個人というものが認められたのもやっぱり近代です。個人が成立してくるということについては、ひとつの共同体の喪失という代償を伴うわけだけど、だけどやはり人権というものを確保された自由な個人が保障されているというのは、大きいことですよ。そういう個人の尊厳、自由というものを、曲がりなりにでも最低限保障してくれる社会というのは、どんなに貴重なことかということ、これが近代なんです。

また近代になって、学問とか科学によってものすごい展望が開けたわけです。だから、明治の日本人は、仕方なくて西洋の圧迫で国を開いた、しょうがないから近代化したというだけでなく、やっぱり近代のすばらしさに触れたんです。

たとえば「愛」という観念ひとつをとっても、江戸時代には近代的な意味の愛はなかったわけです。つまり、ヨーロッパの愛というのはキリスト教的な愛だから、これは偽善でもあり欺瞞でもあり、束縛でもある。結婚式のとき「一生愛します。ほかの男（女）を愛しません」と誓うわけでしょう。嘘ばっかりだけど、そういうふうに誓うわけです。だから、そういうプラトン的というか、あるひとつのこの世に存在しないイデアというものを恋い慕うような、そういうふうな恋愛というのを日本人は知らないと、西洋人は書いています。日本人は好いた、惚れたしか知らない、いわゆる性愛の世界ですね。夫婦間の本当の愛情なんかない、というわけです。

ところが、それを発見したのが『文学界』の連中です、北村透谷とか島崎藤村とか。

ということは、つまり近代に新たな精神的価値を見出したわけでしょう。だから文学だけではありませんけど、思想にしても学問にしても、近代的な思想、文学、学問というもののすばらしさ、魅力というのに、みんな魂を抜かれたんですね。永井荷風なんかは、お江戸大好きなんだけど、ではなんで江戸趣味かといえば、彼は反明治国家だから。つまりお役人と軍隊が嫌いだから。ということで「フランスが大好き」になるわけよ。だから、荷風にとってのお江戸はフランスなんです。

絵画にしてもそうだね。もちろん日本には中国絵画の流れを汲む独特の絵画、とくに江戸期になると浮世絵という逆にヨーロッパに影響を与えるような絵画があったけれど、西洋絵画のリアリズムに接したとき、現実を領略しようとする全く異質な精神のありかたに衝撃を受けたわけです。その代表例が高橋由一で、そこで生じた精神のドラマは芳賀徹さんが『絵画の領分』で活写されています。

明治の日本人にとってヨーロッパの思想や芸術、つまり人間の精神の可能性という面、それに魅惑されたことは、大きなことだと思うんです。たとえば江戸時代にはもちろん独自の文学があり、独自の学問があったし、それはなかなかいいものではあったけれども、それだけじゃやっぱり貧しい世界ですね。一読書人として考えてみたら、あんな本ばかり読んで一生終われと言われたら、寂しいですよ、それは（笑）。

ですから、やはりヨーロッパ近代は問題がありますけれど、どの国でもやっぱりヨーロッパ型の文明を採用せざるを得ないでしょう。要するに近代化というのは、生活形態、経済の形態、着るものからしてもそうだけれど、全部西洋がつくり出したものが世界に普及していったことなんです。もちろんその普及する中で、今日まで来ると西洋自体は地位が低下していく。あるいは中国が出てくる、インドが出てくるというのはありますが。

だけど、出てくる中国、インドという文明の正体は、近代文明。近代文明によって力をつけてきている。もちろんそこでは、中国独自のもの、インド独自のもの、あるいは日本独自のものというのがあって、多様な世界をつくっていくんでしょうけれど。でもたとえ、その背景になっている、あるいは根っこになっているものが違うにしても、生活様式、産業の様式、あるいは国家の様式、社会のつくり方も全部西洋由来の近代国民国家です。愛国心にしても、軍隊だって、政府のつくり方だってね。全体主義みたいな中国的なああいう共産党も、ヨーロッパ起源、マルクス起源ですから。

だから西洋的な近代というのは、非常に大きかったとやっぱり思うんですね。「ヨーロッパ中心主義反対」というのがずっとありまして、これはもうこの三十年ぐらいヨーロッパ中心主義反対ですね。「ポストモダン」というのがそうでした。多中心性というか。だけれども、それでもやはりヨーロッパ近代というものが全世界を制覇したその意味は非常に大きく、それによって人間は何を失ってきたのかということが、いま大きく湧き起こってきてる問題であります。これは非常に通俗化していると言ってもいいと思います。この近代文明に対する不満とか批判とかいうかたちはもう一般化していると思うんですけれど、ただ、変なかたちになると、大川周明みたいな、日本の右翼が正しかったみたいなことにもなりかねないです。だから、やはり近代が獲得してきたものの、何が大事なのかということをよく見極め、それを大事にしながら、近代が失ってきた大事なものを蘇らせることができないものかと考えていくしかないんでしょうね。だけど、これは難しいですよ。

社会や国家からの自由

学校を出たら、会社であれなんであれ、どこかに就職しなきゃいけない。これはひとつの社会のシステムですから、そのシステムにはどうしても自分の人生が縛られます。しかし、僕は会社に勤めてお給料をもらったのは、生涯通算して三年ぐらいしかありません。でもそれでなんとか生きてこれるんです。

ですから、何もいい学校をちゃんと出て、そしてちゃんとした就職をしないと悲惨なことになるということは決してないわけです。社会がどうあろうが、国家がどうあろうが、自分の人生って、実はあまりそんなことに関係してないんじゃないかと思うんです。いい学校へ行っていい企業に入らないとどうもならないと考えたならば、社会や国家に縛られてしまいますね。僕の人生を考えてみると、僕は戦争が終わったときは中学三年ですから工場動員にも行きましたし、小学校のときから勤労奉仕には出されてるし、そして学校じゃ殴られどおしだし、そういう経験があって、そして、大連から無一物で、着のみ着のまま引き揚げで帰国したわけです。全財産を何もかも失って、もちろん補償なんか一文もない。

だから、そういった国家の動向がもたらす運命ということは、自分自身で痛切に感じているんだけれど、だけど考えてみると、どんな目に遭おうと僕は平気であって、かえってそれが良かったんじゃないかと思います。もともと流浪の民、俺はジプシーなんだと。流浪の民なんだって思えれば、国家になんて縛られなくたっていいし。

自分の人生を考えてみると、何がいちばん大事だったかというと、社会を良くするとか、国家をどうこうということではなかったと思ってます。どういう人間と付き合ってきたか、とくにどういう女と付き合ってきたのか、それによって自分が不幸であったか、あるいは自分が少しでも幸せであったかが決まってきたので。あるいは、自分が毎日何に喜びを感じて、どういう仕事をしようと思ってきたか、ということで決まるわけなんですよね。

たとえば自分の職業が、何かの職人だとするならば、自分のつくっているものが非常に好きで、いいものをつくることに喜びを感じるということは、社会や国家に関係がないことだから。そしてどんな女と出会って、どういう家庭を築くかということも、関係のないことだからね。つまり国家や社会に支配されない、自分で自分が納得できる人生というのは、つくっていけるものだから、そっちのほうが大事なんじゃないかなと僕は思うわけです。国家とか社会という大きなテーマは、それはみんなで考えていかないといけないけれど、ただし、これには性急な答えは求められない。性急な答えを求めたらソ連みたいになっちゃうわけだから。

じっくりみんなで考えていって、部分的にでもいいほうへいいほうへ少しずつ直していくといい。だけれども、それとは別に、国家とか社会とか、そんなことからまったく自由な自分の一個の生、生きるということは自分でどうにでもなる。自分を不幸にするか、あるいは自分の一生を少しでも満足なものにするかは、自分で左右できる。ただし、それは貧乏を覚悟するってことで（笑）。でも貧乏を覚悟したって、世の中は捨てる神あれば拾う神ありだから、なんとかなっていくんですよね。

社会的成功を目指すということ

それと、最近よく言われる、有名にならなくちゃいけないといった考え、ヨーロッパ型個人主義と言われていますけれど、ヨーロッパだってキリスト教ですから無名の慎ましい生き方というのはあるんです。有名にならなくちゃいけない、というのはアメリカです、アメリカから始まったんです。日本でやはりこの二十年ぐらい言われているのは、自己実現。自分を実現するというのは自分らしい自分として生きるということですね。それもけっこうなことでそれがいちばんいいんですよ、自分らしく。だけど、いま言ってる自己実現というのは「社会的成功」ということなんですよ。バカみたいでしょ、社会的成功なんて。なんでそんなことを望むのか。「セレブ、セレブ」なんて言ったりして、虚飾の世界です。そういうのもアメリカから入ってきました。

もちろんヨーロッパにもそういう虚飾の世界はあるんです。でもあったとしても、そういうのはスノッブの世界なんです。イギリスとかフランスでは一部の上のほうの。

下には堅実な生活があるんですよ。大多数は堅実な生活をしているわけです、イギリスもアメリカも。いまは知りませんけど、かつてまではそうでした。いまや全世界的に「成功しないと損だ」みたいな考えが広まっていますが、たとえば成功ということを考えてごらんなさい、百人が百人成功したら成功じゃない。百人のうち一人成功するからこそ、成功なんです。だから成功ということは宝くじに当たるみたいなもので、みんなが成功することはあり得ないんです。つまりある種の才能がないと。才能なんてこれはもう本当に宝くじで、その才能だって、お金になる才能と、お金にならない才能がありますから。みんな才能はあるんですよ。ただ、自分が持っている才能が、たまたまいまの社会ではお金にならないだけのことなんですよ。

不思議なもので僕なんかもそうです。何して飯食っていくか、二十代はとても困っていました。僕は若いころ共産党員だったんです、当時は流行っていましたから。そしておまけに結核。肺病で共産党だからどこも雇ってくれるとこなんてないなあ……と僕は思ったわけです。どうやって飯食おうか、女房に寄生するんです（笑）。結局編集者みたいなことをやって。あとでは物書きになったんだけど、文章だって才能がない。才能がある人は二十代から売り出すけど、才能がないからお金になるのはやっと三十代の終わりぐらいにしか、原稿料をもらって書くようにはなれなかったですね。それでも僕はいいと思ってた。女房が十三年前に死んだんですけど、女房がまだ生きてるころ、長女が「お父さん元気、年のわりには元気ね」と言ったら、女房は「元気なはずよ、自分の好きなことだけやってきたんだもん」って、言っていたらしいです(笑)。

だから家族には迷惑かけました、とくに女房には苦労をかけましたけど、自分の好きなことだけやってなんとか食いっぱぐれもせずに、まあ、食いっぱぐれすれすれでしたけど、やってきました。だから、覚悟がありゃいいんです。覚悟さえあれば。生きる道は何かしらあります。若い人には、有名にならなくてもいいし、成功しなくてもいいし、ただ自分の好きなことをやんなさいって。なんとか自分の好きなことから離れないようにして仕事をするか、あるいは自分が好きなことを先でやるために、しばらく嫌な仕事でも我慢して、そして好きなほうをやれるようにしなさい、と言いたいですね。

でも我慢も足りない。僕だって「好きなことばっかり」ってうちの女房は言うけど、たとえば河合塾に二十五年間行きました、それも五十過ぎてからですよ。毎週バスで福岡まで出かけて、ホテルに二泊してました。今では考えられぬことです。よく河合塾は二十五年間も働かせてくれたと思いますけど。僕は教えるのが嫌なんです、面倒くさいんです。教師に向かないのに、それを二十五年やってきて、本当にしんどかったです。予備校というのは人気商売なんです。だって、強制出席が課されているんじゃないんだから、この授業がおもしろいと言ったらわっと集まるんです。そしてこの先生はおもしろくないとなったら、悲惨なことで、最初百人ぐらいいたのがすぐに二、三人になっちゃうんですね。だからそういうとこで勝負しなきゃいけなくて、僕はわりと気が小さいほうなもので、ちょっときつかったです。

だからきつい、若い人は嫌だなと思うことがあってもすぐは辞めちゃわないで、根性を持たないといけない、しばらくは我慢しなきゃ。江戸時代の丁稚なんかもっとひどかった、でも我慢したんだから。十二歳ぐらいで丁稚に行ったわけだけど、それでもみんな一人前の職人になって、あとは怖いものなしです。高村光太郎のお父さんが話していますよ。身に職さえついていれば、握り拳ひとつで世の中渡っていける。家賃払って寝酒も飲めて、大家の禿げ頭にはビクとも言わせなかったって。

脱出は自由、恐れるな

経済成長しないといけない、というのも変な観念です。要するに、無駄遣いしただけ、GNPが上がって成長するわけですから。僕は、政治ではなく、民間からリーダーが出てこないといけないと思うんです。政治というのは妥協です。政治は妥協だからほどほどに、あまり変なことをやらなければいい。それで政府にあまり頼らない、民間での創意工夫というものを、自分、あるいは仲間、そういうもので生活空間をつくっていくという、それがずっと広がっていくといいと思うんですね。

僕の知っている範囲でも、そういう人がいるんです。たとえば女性一人で大変だけれど、最初喫茶店を開いて、その喫茶店ではいろんな催し物もやるし、多様な小間物も置いている。本が好きなものだから隣の店を買い取って小さい本屋も開いた。その本屋は取次を通していないから、全部買い取りになるんですけど、でも小さい本屋で自分の好きな本だけを置いている。でも、なんとか成り立っているんですね。そうすると、そこにいろんなグループの人たちが出入りするようになるんです。そういうのはほんの、大きな社会の中から見たらごく一部分なんですが、そういうのをみんなやっていくといいと思うんですね。もちろんそれだけでは大きな経済は回らないわけだから、大工場も必要だけれど、そういう民間の中からいろんな工夫をすることが大事なんです。

ひとつの企業を興すにしても、起業するにしても、やはり企業家の精神というのは、自分がつくっているものを通して社会に貢献することですよ。どんなに売れたとしても、社会を悪くするようなものだってあるわけだからね。ジブリはいいですね、ああいういいアニメーションをつくっているから。だけどジブリだって最初は小さいプロダクションから始まったんでしょうから。ですから、そういうのがたくさん出てきて、起業するにしても、だんだんと大きくなるにしても、やはり企業が理念を持つことだと思うんです。社会的な理念を。日本には株式民主主義はあまりないですね。「株主還元、株主還元」と最近は言われているけれど。そんなのではなく、会社って社員のためにあるんです、それが正しい。株主資本主義なんて、アメリカから来た概念でもうダメですよ。でもヨーロッパはそうでもない。企業が理念を持つと、それだけでもだいぶ良くなると思いますね。

社員だって、勝手にストライキばかりやって、賃金ばっかり「上げてくれ、上げてくれ」とやってるだけじゃ、会社が成り立ちません。会社というのはひとつの規律であり、経営団体だから、そこではどうしてもある種の自己疎外は起こる。それは規律はあるし、嫌と思ったって、「今夜残業してくれ」と言われたら「デイトがありますから」って断るわけには……、いまは断る人も多いらしいけど（笑）。

だからある種の自由の束縛はどうしてもある。上司関係もあるし、命令系統もあるし。だけど、そういう中でなるべくやはり民主的な雰囲気というか。勤めというのは飯食うだけのことで、なにも命がかかってるわけじゃない。だけど、やはりそこで働いてることに生きがいを感じられるような、そういうふうになっていくといいと思います。企業の体質自体がやはり変わっていくということが大事なんじゃないでしょうか。そういう可能性は、小さい企業にあると思うんです。僕は実際にあまり経験していないから、聞いた話だけれど、いまの企業の雰囲気というのは耐え難い面もあるらしいですね。というのは、人間が自然にこうありたい、こうあればいいなあという、そういうものに非常に敵対するようなものになっていってますね。だから自分の何かを押し殺さないとまともな生活ができない、あるいは成功ができないというふうになっているというのが、呪いと言えば呪いなのではないでしょうか。でも、そこから脱出することは、自由なんです。恐れなければいいんですから。

人工化していく世界、その果ては

熊本に坂口恭平という、建築を建てない建築家がいるのだけれど、彼が『独立国家のつくりかた』というのを講談社現代新書で出しています。なかなかおもしろい男ですが、彼は要するに現代社会にはさっき言った「ニッチ」というのか、自分がなんとか上手く生きていける場所を見つけることができたならやっていける、ということで、一種のゲリラをやろうとしているんです。彼なんかを見ていると、自分のわがままというものを――わがままと言ったら変ですが、自分はこういう人間に生まれてしまったので、こういう世界がないと生きられないというスタイル、それを頑固に守っていますね。彼の場合は才能があるからそれで食っていける、ところが金にするような才能がなければ、飢え死にするしかないわけだから大変です。でも世の中は、なんというか非常にリジッドで、厳密に構成されてるようで案外抜け穴もいっぱいあるわけです。僕は宮崎駿さんという人も、あの人がつくってきたアニメーションを見ると、その抜け穴のひとつをやっているんだと思うんですが。

でも近代という言い方もおかしいですね。要するにいままでの歴史で言えば、古代、中世、近世、近代と分けられるでしょう。でもあと千年してごらん、どうなる？　いまの近代は古代、あるいは中世になってしまいます。だから、結局近代と言ったって、その近代はもうすぐ近代でなくなるんです。ただその先に、全部人工化されてしまうようなSFのような世界がやってくることがいちばん恐ろしいですね。すでにもうなりつつありますが。僕たちの暮らしている生活空間が、いかに人工化されているか。たとえば、商店街のアーケードは、雨降りのときには大変に便利なものですが、でもそれによって、街から空と風を奪ってしまいました。僕たちは、街角で雲を見て、夕焼けも見て、吹いてくる風に情感を感じるものです。そもそも商店街自体がチェーン店化され、なんだかピカピカの宇宙船の中のように秩序化されてしまって、生活の匂いがしなくなってしまいました。商店街だけでなく、都市全体があまりにも画然と整理され過ぎています。親近感はなく、整然としている分、排除されている感じがします。つまり、人間にとっての、利便性とか安全とか清潔などが極度に追求されると、都市空間は人工的な機械のようになってしまうのです。ゆがみとか雑多とか汚れが排除されたSF映画に出てくるような未来都市に近づいていくのです。

世界の人工化というのは、つまりは、この実在する地球を人間の便益のために存在させる、つまり、自然は人間の資源、人間に所属する財産であるという感覚から来ています。そして、そういう感覚を普遍化させてしまったのが、人間だけを特別視して、快適さのみを至上目的とし追求し続けてきた近代だと思います。僕は、近代のもたらした、便利で安全な生活や個人の人権などをめぐみとして評価しましたが、結果としてその実現が自然と人間との関わりを断ち切ってしまい、結局は死すべき運命のはかない人間という存在を、自然の中に謙虚に位置づける感覚を失わせてしまった、という、自分の中に近代へのアンビバレントな思いも持っています。

これからの僕たちの課題、それは生活のゆたかさの意味を捉え直し、経済成長最優先といった考え方から自由になる道を模索していくことでしょう。一人の人間って、とても大事なものだけれども、人間という生物自体はそこまで偉いものではないことを知ることも大事なのではないでしょうか。もし世界の人工化があまりに進んでしまったら、そうなったら、人間はそうなるまで生きなくていい。もう絶滅したらいいんじゃないでしょうか（笑）。だって何億年かかるか知らないけど、人類はいつかは絶滅するでしょう。僕の結論としては、近代を生き通す中で、近代の先に来る時代、それが人工的な空間の世界になってしまわないように、ということだけ。僕が言いたいことはそれしかありません。

二つに割かれる日本人

――渡辺さんは、維新前後に外国人の眼に映った日本人の姿を描いた『逝きし世の面影』や、やはり江戸期のロシア、アイヌ、日本の三者の関係をテーマにした『黒船前夜』などで知られますが、江戸や明治の日本を取り上げても、いつもそこに「人類史」という視点を感じる。そんな渡辺さんの目に現代の日本はどう映っているのかうかがいたいと思って参上しました。

私はだいたい「日本」とか「日本人」という発想があまりないんですよ。それは小学生のころ、昭和十三年に熊本から北京に引っ越して、その後、昭和二十二年まで大連で育ったからかもしれません。

特に大連は、一種の国際社会でした。同級生には中国人も朝鮮人もいたし、近所の白系ロシア人の子どもとも遊んでいた。友達だった中国人の安君はすごい金持ちでね、日本語はペラペラ。クラスでもみんなに好かれていました。庶民世界で暮らしている限りは、みんな国家を代表しているわけではない。そういう、いろいろな民族が混じり住んでいる状態が好きというか、馴染んでいるんです。

その一方で、朝鮮人の金君などは、相撲を取っても、僕が投げたりすると悔しがって何度でもかかってくる。たまらんから「もう負けた」と言っておしまいにしていた（笑）。別に彼も差別されたり、いじめられたりしていたわけではないんです。しかし、彼のなかで民族を背負っていたんだと思う。

だから僕はもともと流浪の民、異邦人というところがあって、『逝きし世の面影』で日本の美点を持ち上げるというより、新しい文化・文明の前には、必ず棄てられた別の文明があるという事実を書きたかった。

だから、今の日本を見るときも、人間の社会はこの先どうなっていくのか、とずっと考えてきたわけです。そんな話でいいですか？

天下国家に理想を求めるな

近年、非常にはっきりしてきたように思うのは、日本人、人間社会が画然と二つに分解されてしまう、という感覚です。

一方には経済的にも社会的にも高い評価なり認知を得ている人々、いわゆるグローバルなエリートたちがいて、その反対側に、社会において誰とでも取替えが利くような、経済的にも報われない人たちがいる。昔からエリートと大衆という区別はありました。しかし、両者の間で、まるで同じ日本人ではないような隔たりが意識されるようになったのは、これまでなかったことではないでしょうか。

かつての特権階級と違って、今のエリートたちは激しい競争に勝ち抜いて、権力とか金銭的報酬を得てきた人たちです。これは僕のイメージが漫画的なのかもしれませんが、要するに英語が第一言語で日本語はむしろ第二言語、アタッシェケース片手に国際便に乗り込んで、世界中を飛び回るわけでしょう（笑）。

――007みたいな（笑）。

住んでいるのは地面を遠く離れた高層マンションで、パソコンやら何やら複雑なマシーンで囲まれた、宇宙船の内部のような所で生きている。これはSF的なイメージですが、実際、エリートでなくても、現代生活は大なり小なり、そうなっていますね。つまり家屋自体がひとつのマシーンになっている。僕なんか、自分の家にある、あれやこれやの機械や装置を見ても、何なのかよくわからないからね（笑）。

彼らは市場経済が続く限り、全世界をそれこそハゲタカのように見回し、一番収益が上がる場所・事業を発見する。そして、そこを収奪し尽くせばまた次へいく。石油がなくなればオイルシェール、それも枯渇すれば海底油田という具合に、自然を資源として利用し尽くすでしょう。あるいは環境保護運動なども取り入れるかもしれません。しかし、これも上手に使い尽くすというだけで、大きな違いはない。自分の生きる環境を、資源としてしか見ていないわけです。

では、そうやって競争に勝ち、高い報酬を得ている人々が、何を求め、何を生み出すか。結局、彼らの享受するもの、求めるものは現代の消費的な経験でしかない。もちろん人間はみな俗物ですから、そういう楽しみを追求しますよ。しかし、それが最終的には一切虚しいというのは、紀元前の昔から諸賢というやつが説いてきたところで、いまさら言うもおかしな話です。

そういえば、近いうちに、月に行くことが旅行プランとして成立するといいますね。

——宇宙ツアーですね。

そこらへんに彼らの欲望が見て取れないこともない。人間が宇宙空間に出て行くことは、地球上で生きるしかない生物としての限界を突破したい、ということでしょう。大地から遠く離れた所で、生身の身体ではなく、多くの機械類に自分を繋いで能力を増強することがむしろ常態となっているわけです。そこでは、生物としての人間を、ある種の制約としてしか捉えられなくなっているのではないか。僕は、もはやそこには人間としての精神的な生産性はないように思うのです。

じゃあ、精神的な生産性を、人としての生きがい、と言い換えてもいいけれど、それって何なのか。あなた、何だと思われますか。

——そう問われると、途方に暮れます。

八十年以上生きてきて、最期に何をもって自分の人生を評価するかと考えてみたときに、あの人は何をやった、金を儲けた、役職についたなんていうのは、あっという間に忘れ去られます。家族だって、二代三代経てば、ほとんど記憶に残っていないでしょう。それどころか歴史に名を残す偉人だって、たとえばゲーテなんて人はなかなかみんなが忘れてくれないけれど、千年後、五千年後にはわかりませんよ。そんな、はかないものなんです。

また長い間、人間は天下国家に理想を求めてきましたが、これもうまくいかなかった。人間が理想社会を作ろうとすると、どうしてもその邪魔になる奴は殺せ、収容所に入れろ、ということになるからです。古くはキリスト教的な千年王国運動から、毛沢東の文化大革命に至るまで、地獄をもたらしただけでした。だから、『国家』で理想社会の実現を謳ったプラトンがそもそも間違っていたんです。政治とはせいぜい人々の利害を調整して、一番害が少ないように妥協するものです。それ以上のものを求めるのは間違っているんですよ。

どんな女と過ごせたか

僕は、やはり男であればどんな女と過ごせたかが基本だと思います。そこから家庭が生まれ、子どもが生まれてくる。連れ合いと最後まで仲良くできた、というのは、最後までセックスしたということですよ。そういう相手が、探せば必ずいるはず。それを見つけないで簡単に結婚するから、後で揉めたりするんですよ（笑）。

――なるほど。しかし、今、日本では少子化が大きな問題になっています。若者たちは経済的な問題もあって、結婚できないと嘆いているのですが。

それはおかしいよ。昔のほうがもっと貧乏だったのだから。未婚者というか、異性と付き合わない若者が増えているとすると、ひとつ言えるのは、女性に関わるのはエネルギーが要るんです。女って愛されていると思ったら、わがままを言うでしょう。喫茶店に入ろうとすると、こんな店いやだわ、なんて言い出す。男を困らせるのが面白いんだね。つまり、手間がかかるんです。

――そうか、ずっと女性と付き合うのはお金がかかると思っていましたが、実は違うんですね。手間がかかる。

そう。これは男女の仲だけではない、人と人の間で濃厚な絆を作ろうと思ったら、いろいろな葛藤やトラブルを乗り越えるしかありません。今の人たちには、それが面倒なのでしょう。一人でいれば楽ですから。

――確かに、先ほどお話に出たインターネットにしろ、一人で生きていくのに便利な装置がありすぎて、人間関係だけは昔ながらに厄介なまま、というのも実感です。

そうでしょう。面倒事はできるだけ金で済ませようというのが、消費社会の大きな特性でもありますからね。もちろんお金は大事ですよ。僕はこれまで生きてきて、困ったなと思ったこと、解決しなければならない問題の九割九分までは、金で片付くことでした。ところが、残りの一分が片付かない。

その残りの一分、人としての生きがいは、やっぱり人との関わりのなかにしかないんです。女、家族の次には、仲間です。ともに仕事をした、一緒に遊んだ、近くに暮らした人たちに、ちゃんと取るべき態度を取れたら、死ぬときに満足感を持てるのではないか。

私は国を憂えない

そう考えていくとね、僕は最初に言った、エリートでない方の日本人、「誰とでも取替えが利くような存在」だと自分でも思ってしまっているような人たちに、むしろ未来があると思うんです。

それはいわば「地に残された存在」ですね。母語である日本語しか話せない。生まれ育ったところで暮らす。あるいは引っ越しはしても、キノコやカビのように大地の近くに住まう存在です。その土地には、お祖父ちゃんもお祖母ちゃんも、そのずっと前の人々も埋まっている。それが「歴史」です。

彼らは月まで飛んでいけないけれど、空を見上げたら、お日様、お月様が輝いている。これは「神話」なんですよ。近代の科学は、分子・電子レベルから天体のあり方まで、物質の運動として一元的に理解し、説明します。それはまことに面白い知識ですが、人間がそこで生きている世界ではない。実際には、いかなる偉大な科学者でも、お日様が照らしてくれる、お月様が見ているという、神話、物語の世界に生きている。人間が知識として理解している世界を「ワールド」、そこに実際に生きている世界を「コスモス」と言い換えてもいいでしょう。地球上に縦横に国境線が引かれ、GDPがどうとか、外交がどうとかやっているのは、みんな「ワールド」の出来事です。新聞、テレビが伝える「世界」に過ぎません。それに対して、「コスモス」はひとりひとりが中心で、その人の生活のすべてなんです。これは小さいようで大きいですよ。垂直に見ると宇宙に繋がっている。

『苦海浄土』などを書いた石牟礼道子さんという人がいます。私は長い付き合いですが、あの人は五十歳になるまでイギリスが島国だって知らなかった（笑）。学生時代は優等生で、小学校の教員もしていたのに、信じられない話ですが、興味がないことは耳にシャッターが下りるのでしょう。

人間本来の暮らしを送り、歴史、神話、そして母語を保持していくのは、グローバルとか最先端とかから取り残された人々ではないかと思うんです。そこには何かミステリアスなものが残っている。生々しくて、危険で、残酷で、切ないものが残っているように思うんですよ。人との繋がりこそが生きがいだ、と言ったけれど、その一方で、一人でいたい、ほっといてほしいと強烈に思うのも人間ですね。その意味では、孤独だって悪くない。たった一人で野垂れ死にする、というのも人間に許された自由だと思います。

今の若い人たちも捨てたもんじゃないと思うな。坂口恭平っているでしょう。路上生活者に学んで、お金を使わず暮らしていく「0円生活」という活動を行ったり、『徘徊タクシー』という面白い小説を書いたりしている男なんですが、発想が自由で、話していてもすごく面白い。僕ら年寄りからは新しい知恵は出ませんよ。ただ、今の若い人たちは、知らないとなったら徹底的に知りませんね。だから、年寄りと若い者が同盟を組んだらいい。

幕末の思想家、横井小楠は、今日話したことは今日の私の考えで、明日もそう考えているかはわからない、というのが口癖だったといいます。この言葉は凄いと思う。人間というのは常に変わるんです。

――そういえば、コンサルタントの人に、成功している社長さんの共通点って何かありますか、と聞いたことがあるんです。すると、言っていることがコロコロ変わることですね、と。それは、答えが出た、と思わないで、いつも考え続けているからだ、というんです。

それはいい話だね。変わるというのは、無節操なのではなくて、ひとつの方向性を堅持しながら、いつも新しく転換し続けることだと思うんです。そして、人との繋がりで何が実現できるかを楽しみたい。つまり僕は欲が深いんでしょう（笑）。だから、私は国を憂えたり、未来を憂えたりしない。そんなことは、識者に任せておけばいいんです（笑）。

Ⅲ　読書日記

読書日記 1

革命前のロシアの農村を描いた

『ブーニン作品集』

予約していた群像社の『ブーニン作品集 1 村／スホドール』（二七〇〇円）が届いて、びっくりしてしまった。というのは、この作品集は二〇〇三年七月に、第三巻と第五巻が同時発売されて以来、ずっと刊行が途絶えていたからだ。何年か前、版元に電話で問い合わせてみたことがあったが、全五巻の予定で最後まで出すという話だった。それが十一年ぶりに第三回配本となったのである。

群像社というのはロシア文学だけを、それも現代の作品中心に、細々と出し続けている奇特な出版社である。やはり最後まで出すつもりなのだ。私はちょっぴり感動した。いまどきブーニンなど誰が読もう。いや、読む以前に名前も知るまい。ピアニストと間違われるくらいが関の山だ。

ブーニンだけではない。今日のおもしろ文化全盛の世にあって、近代西欧文学など、とっくにお蔵入りなのである。それなのに、何年かかっても『ブーニン作品集』全五巻を出し抜く覚悟とみえる。これからの日本の知的水準は、こういう自覚ある小さな出版社の営みによって、最低に落ちこむのを辛うじて免れてゆくのだろう。

イワン・ブーニン（一八七〇〜一九五三）は戦前むしろ有名だった。今回収録の『村』も、一九四二年つまり日米戦争中に、中村白葉の訳本が出ている。一九四三年に筑摩書房から出たエリヤスベルクの『ロシヤ文学史』（原著は一九二二年刊）でも、ブーニンは高く評価されているし、第一、一九三三年にはノーベル文学賞さえ与えられているのだ。もっともむかしは、たかがノーベル賞ごときに、いまみたいに大騒ぎすることはなかった。

私の手元には一九二三年に新潮社から出た短編集『生活の盃』もある。これには名作『サンフランシスコから来た紳士』もはいっている。大正年間から名は売れていたのだ。

ブーニンは革命によって亡命する以前に地歩を確立した作家だった。『村』（一九一〇年）は当時の代表作であり評判作である。しかし彼は七十歳を超えてから、瑞々《みずみず》しい恋愛小説（短編）群を書いた。題して『暗い並木道』。訳本は一九九八年に、「国際言語文化振興財団」というところから出ている。私はこれが彼の最高作と信じる。

勉強して古典を読む

さて私は、ロシア農村の暗黒を描いたとされる『村』を初めて読んだわけだが、その読後感が虚無的なまでさっぱりしているのに驚いてしまった。共同体崩壊期のロシア農村の貧困、無知を描いた名編といえば、チェーホフの『谷間』がすぐ思い浮かぶ。だが『谷間』の救いようのない暗さからすると、『村』はおなじ愚鈍と貧しさを描きつつ、不思議な透明感にあふれている。それは描法の違いから来るもので、ブーニンの目はリアリストのそれというより、見えぬものを見通す透視者のそれなのである。それにしてもロシアはもうだめだという主人公たちの叫びは、何と正確に来《きた》るべき破局を予言していたことか。

『スホドール』にも驚かされた。ロシア十九世紀文学には、トルストイ、ツルゲーネフに代表される地主屋敷小説の伝統があるが、私は貴族地主と屋敷つき農奴の関係が、こんなにも親密で共生的であったとは知らなかった。貴族は農奴の下男下女に依存し、逆に彼らの奴隷に成り下がっている観がある。もっともこういう描きかたはブーニンが完全に没落した貴族の子弟で、荒廃した地主屋敷に育ったせいなのかもしれない。

ところで、奇抜な着想で読者を釣ってゆく現代小説に慣れた読者にとって、こういう古典の紹介はどんな意味を持つのだろう。芥川龍之介は『野呂松人形』という短編で、芸術はすべて時代と環境の産物で、それが変われば理解されなくなるのではないかと疑ってみせた。私がブーニンを面白く読めるのは、ロシア史とロシア文学に関する一定の知識があるからかもしれない。ブーニンに限らず、古典を味わうには一定の素養がいるのだ。

なぜそういう勉強をしてまで古典を読むのか。言うまでもなく、それが人類の貴重な経験を語っており、その経験の堆積の上にいまの私たちは生きているからだ。

読書日記

2

ソ連をひとつの「文明」と捉える

シニャフスキー『ソヴィエト文明の基礎』

ソ連論はもううんざりだ、という気がしないでもない。特にソ連崩壊後、堰を切ったように現れたソビエト国家論、スターリン論のあとでは、わかった、もういいという気分に陥るのも無理からぬことだ。しかし、シニャフスキーのソビエト論となれば、話は別だ。彼の『ソヴィエト文明の基礎』(みすず書房、六二六四円)を本屋で目にすると、すぐに手が出た。刊行は二〇一三年十二月。まだ半年たっていなかった。

アンドレイ・シニャフスキー(一九二五~九七)のことは、川崎浹《とおる》『ソ連の地下文学』(朝日選書、一九七六年、入手は古書等)で初めて知った。国立機関の文学研究者で、一九五八年という早い時期に、例の社会主義リアリズムを批判、海外で作品を発表するようになり、六六年に友人の作家ダニエルとともに裁判にかけられて、世界的に名を知られた。七年間服役したあとフランスに亡命、ソビエト体制への仮借ない批判者だったが、ソルジェニーツィンの復古的姿勢もきびしく批判する立場をとった。私は大のソルジェニーツィンびいきだが、彼の怒りを買ったシニャフスキーの『プーシキンとの散歩』（群像社、二二六〇円）の件では、シニャフスキーの味方だ。

さて、彼の『ソヴィエト文明の基礎』だが、これは何と言っても、その文明の中で育った人の観察ということが最大のメリットとなっている。人類史上あのように異常な国家・社会がなぜ出現したかというのは、二十一世紀人にとって、いかにうんざりしようと残り続ける問いだけれども、この問いに答えを得るには、やはりその中に生きた人自身の省察に耳を傾けねばならない。

七十余年続いたソビエト体制を、「文明」と捉えるのも新鮮な視角だ。確かにそれはひとつの生活・思考様式に貫かれた社会の在り方であり、文明と称するに足る。著者はその特殊な様式を身をもって体験したればこそ、この「文明」の本質を認識できたのであって、訳者が「類書がない」と言うのもその点に関わる。

ソビエト文明の本質的な性格を、シニャフスキーはまず「学者国家」と捉える。つまりそれは貴族とかブルジョワジーとか、ひとつの社会階級が造りあげた国家ではなく、人類史の歩みを総括し、唯一無二の科学的真理を把握したと信じるひと握りの知識人革命家が創造した国家なのである。そのために彼らが用いた原動力が、ブルジョワ支配を止揚するプロレタリアートなどではなく、対独戦線の崩壊による、ロシア民衆のうちに秘められた狂暴で盲目な「自然力」の解放であったことの指摘は鋭い。革命は科学とロシア的心性の古層との合作だったのだ。

自足する奴隷を育成

創造されたこの人類最後の「文明」は、何よりも「新しい人間」を必要とした。新しい人間とはマルクス・レーニン主義という最終真理に従って生き、一切の個人的生の意義の抹殺に努める「ボリシェヴィキ」（模範的な共産主義者）である。だからこれは一種の教会国家の創造でもあった。

しかし、中世の教会国家にあっては、いかなる異端審問所の活動によっても、単一の教義に知的活動を含む全人間生活を従属させることはできなかった。単一イデオロギーによって絶対的に支配され、それから逸脱することが即抹殺であるような文明は、ソビエトにおいて初めて出現したのである。すなわちそれは「人間全体を、とりわけ人の心と意識を手中に収めようとする」ものであった。

そして創造された人間とは、自分が最高の発達段階に達した社会に住む幸せな人間だと自足する奴隷にほかならず、このような奴隷＝平均的大衆の社会心理を育成することが、この文明の最大課題となる。しかし現実とユートピアの背反、言葉と内実のグロテスクな分離は、すべての成員を一種のならず者、潜在的な犯罪者たらしめるのであって、このあたりの著者の分析は、まさに自ら体験した人間固有の迫真性を帯びる。

他にもスターリンの芸術家気質の指摘など、膝を打ちたくなるところが多いが、ソビエト文学からの豊富な例証によって、分析がいちいち裏づけられているのは、この本の最大の魅力と言ってよかろう。

読書日記

3

近代科学の外で「自然の意味」を問うた思想家

斎藤清明
『今西錦司伝』

斎藤清明『今西錦司伝』(ミネルヴァ書房、四八六〇円)を読む。今西さんの著作は八〇年代に集中して読んだ。それ以来遠ざかっていたけれど、この伝記を読んでどっと今西さんが懐かしく、死ぬ前にまたひとわたり読み直すことになるのかと思う。

この本は伝記としては不細工である。何よりも重複が多い。中学から旧制高校時代、つまり今西さんの最も基礎的な自己形成について、甚だ手薄い。お父さんのこともほとんど書いていない。著者は長年新聞記者をやった人なのに、記述のバランスが意外に悪い。

だがその不満は、表題を『私の今西錦司』と改めれば解消する。この人は記者として、いわゆる「今西番」をずっと務めてきた人なのだ。それだけでなく、今西さんから可愛がられ、身内のような存在だったらしい。今西さんについては生き字引きのように、身近にわたることまで知っていて、何よりもそれがこの本の最大の強みになっている。繰り返しが多いのも、今西さんへの思いが尽きぬためだろう。半面、今西錦司という偉大な人物について、こまごまとした貴重な情報を得ることができる。

たとえば、今西と山とのつながりの深さはもとより承知していたが、彼が登山ということをどう考え、どう実践していたか、この本で初めて知った。彼が山に開眼したのは、京の北に連なるやぶ山においてなのだ。晩年になっても、北山を眺めると何か不安になり、ほかのことがつまらなくなると言っている。私は山らしい山は、五十代に市房山に登ったのが初めてで、こんなしんどいことは二度とご免だと思った。しょせん、人間の出来が違うのである。

小学生のころ、虫取りに行って見知らぬ林に迷いこみ、不安とともに甘美なものを感じたというのも、私の経験にはないことである。つまりこの人にとって自然とは、科学者となって研究する以前に、かぎりなく自己を魅惑するものとして顕現する全実在だった。晩年の科学者廃業宣言は、すでに予告されていたのだ。

全体的実在の自然

斎藤氏はこの本を、一九八三年のセミナーで、今西が論文『自然学の提唱』を朗読し、自然科学者廃業を宣言した情景から書き始めている。このとき川喜田二郎は「今西さん、べつに自然科学者やめんでも、ええんや」と叫んだという。並みいる僚友・弟子たちにとって、いかに衝撃的な宣言だったかうかがわれよう。

今西はむろん近代科学のパラダイム内にある研究者として、カゲロウ幼虫の「棲み分け」現象発見以来、数々の業績を積み重ねてきた。ただ昆虫学に始まり、草原研究、さらには霊長類の研究に移るといったふうな（その傍らには山岳研究もある）、端倪《たんげい》すべからざる研究の足取りには、学会の異端児というべき危険な風貌が看取されたものの、それぞれの業績は、近代科学のパラダイム内のものと認められてきた。

ところが彼は、おのれの実証的研究からある理論を導き出さずにはおれぬ、あるいは研究の意味するものを思索せずにはおれぬ人であった。なぜかというと、彼にとって自然とは、その断片を研究して業績をあげる対象ではなく、全体的実在としてその意味を問わずにはおれぬ、生けるもの、美しきものだったからだ。

近代科学パラダイムは、自然の意味なんぞ問いはしない。そんなものは哲学であって科学ではない。今西は最も初期の著作である『生物の世界』から、人間以外の動植物にも、いやそれどころか無生物たる鉱物や土壌にも、連続してやまぬ主体性を認めていた。これが「科学」であろうはずはない。今西は晩年の進化論論議で近代科学を逸脱したのではない。彼の自然観は最初から近代科学に収まり切れなかったのだ。

この欄で米本昌平さんが紹介していた中山茂の自伝を読むと、中山はクーンのパラダイム理論の導入者なのに、それが近代科学を相対化するものであることに留意していない。だから自分の通常科学的な業績を誇った。だが今西は近代科学そのものを相対化し、別なパラダイムを求めた。彼が最後に自分を、近代以前の古い学問の徒と認めたのはそれ故である。アジアが近代科学を生まなかったことも肯定的に捉えた。彼はそうした異端的で危険な思想家として、いま私たちの前に甦ってくる。

読書日記

4

荒凡夫の柄を引き出す

金子兜太、聞き手・黒田杏子『語る兜太』

黒田杏子さんから『語る兜太』(岩波書店、二三七六円)を戴いた。杏子さんによる金子兜太のインタビューである。私は兜太という人について、戦後前衛俳句の大御所と知るのみで、作品は一句も読んだことがない。しかし、この本はおもしろかった。とにかく人物が破格だ。

まず断っておかねばならぬが、私は完全な俳句音痴である。これまで私の美意識が反応できたのは、石牟礼道子と齋藤愼爾の句だけだ。これは私の持病たるロマン派気質のせいで、いわゆる俳味という奴が、説明されればなるほどと思うものの、べつにありがたくもないのである。

今度初めて兜太の句に接したが、おれはつくづく俳句の優劣がわからぬ人間だなと、改めて感じたことだった。それに私はイマジズムという奴が、相手が俳句でなく詩であろうとだめなのだ。イマジスト兜太の句に感応しないのは、そういう自分の無能力のせいに違いない。

しかし、それはどうでもよいことで、私は兜太という人物の生きかたに惚れたのである。まずその前に、この人の両親、とくに母親に惚れた。美人で餅肌で尻が太いとある。子どもをまるでうんこのように、楽々と生み落としたとある。何と賛仰すべき女人であることだろう。

兜太によれば、彼女は小姑にいじめられたりして、忍耐の一生を働き通したということになるが、私の目には自立したしたたかな女性と映る。彼女は若き兜太に、くれぐれも俳人にだけはなってくれるなと訓戒した。俳という字を見よ、人に非ずと読めるではないかというわけだ。

父親は村のお医者で、毎日往診に明け暮れ、夜患家から帰ると、囲炉裏ばたにひっくり返ってふうふう言っていた。兜太はこの父が戦争中、右翼がかった言動をしたというので、若いころは反発した。でも自分の国が戦争をすれば愛国熱にかかるのは、欧米の庶民だって免れぬところだ。えらい父だったといってよい。

だが、兜太の愛してやまぬ母からすると、この夫は句会と称して近隣の素人俳人をかり集め、彼女はそのさい食事や酒の接待に煩わされる。彼女にとって俳句とは忌むべき道楽にほかならなかったろう。

兜太が俳人になると彼女は彼を与太と呼ぶようになった。百歳を超えた彼女を兜太が見舞うと、「やあ与太が来た、バンザーイ」とはしゃいだ。端倪《たんげい》すべからざる女性である。俳を人と非に分解して読むというのは、今は滅び去った庶民的知のありようで、ただ一生を耐えて過ごしたしおらしい女などではなかった。

兜太は経理将校として南洋諸島へ派遣され、多数の餓死した戦友の面影を一生抱えこんでいた。また復員して日銀に復職したが、労働組合を作ったせいで、まったく出世しなかった。ふたつとも立派なことで、そこにこの人物の面目を認めてもよい。

兜太の「立禅」

しかしそんなことより、この人がある時期から自分を「アニミスト」と自覚するようになったこと、一茶にならって荒凡夫《あらぼんぷ》として生きようとしたことに私は感銘を受けた。だとすると「前衛」とはこの人にとって何だったのか。それは荒《すさ》ぶる心、この世の実在《リアリティー》に貫入したいという熱き心を、ひとときそんな名称に紛らわしただけではなかったか。

とにかく、この世に実在するすべての存在と交歓し交流したいというこの人の「アニミズム」的希求は、途方もなく大きくまた開かれている。自在の境地といってよく、前衛どころかこの国の伝統に連なっているのだ。

私はとくに兜太の「立禅」なるものに搏たれた。自分と関係の深かった人の名を二百名ほど口にするのだ。それも毎日である。冒頭は両親、それに家族、恩人、知人等々と続くのだが、順序も決まっていて間違えてはいけない。人間だけではない。犬や猫だってはいっている。犬や猫だけではなく、樹木もはいっているのがすごい。むろん彼が名をつけた特定の樹木である。

これは執着なのではなかろうか。兜太にとってはそうではないらしい。恩愛《おんない》断ち難しというのではなく、恩愛をおさらいして超脱するのであるらしい。とにかく大した人である。こんな人が世にいるというのは楽しい。黒田さんはいい本を贈ってくださった。

読書日記 5

根本へ向かって考える

宇根豊『農本主義が未来を耕す』

宇根豊さんの近著『農本主義が未来を耕す』（現代書館、二四八四円）を読んで心搏たれた。おなじ心搏たれると言っても、ひとり心に抱いておきたい本と、こりゃあ必読だよと人に勧めたい本がある。宇根さんの本は後のほうだ。

宇根豊と言っても知らぬ人が多かろうから、ちょっと紹介をしておく。この人は福岡県で農業改良普及員をしていて、まず減農薬運動と取り組み、農民が役所の指導などによらずに、農薬使用を自主的に判断できるように「虫見板」を考案するなど、ユニークな活動を行ってきたのだが、一九八九年には自ら農民となり、二〇〇〇年には「農と自然の研究所」を作って、今日まで『国民のための百姓学』（家の光協会）など多くの著書を著してきた。

私は早くからこの人に注目していたが、それはこの人が徹底し突き詰めて考える人であり、その思考が年々ラジカル（根本的）になっていくのに驚きを覚えたからである。むろん、教えられることが多かった。世間には頭のよい人、知識が豊かな人は掃いて捨てるほどいる。難しい理屈を言う人も同様である。だが、自分の頭で根本へ根本へと考える人は少ない。宇根豊というのはそういう人で、哲学とはまさにこのような営みのことであるはずだ。

偉い人の言説を習得して、それを自分なりに運用するのではなく、あくまで自分の生活自体から生ずる問題を、「考える」ということを唯一の武器として解いていった結果、彼はどういう考えに到達したか。

「農」は人間の最も根本的な存在様式なのであって、近代的な意味での産業のひとつなどではない。「農」という人間の生業《なりわい》は、自然の一員としての人間が、自然の営みを恵みとしていただく活動で、山河や生きものといっしょに生きている「天地有情の世界」に人間を在らしめるものである。だから「農」を「農業」として他の産業と比較し、その経済的効率や生産性を問題にしてはならない。「農」が生み出し保存しているのは、カネつまり経済的価値では計ることのできない、まったく別種の価値である。その価値とは、たとえば風景であり生きものである。そして何よりも「天地有情」

の存在感覚である。草刈りをした畦《あぜ》には百種以上の花が咲く。稲株三株に相当する一杯のご飯を食べれば、三十五匹のオタマジャクシを育てることになる。農の営みが風景を作り生きものを育て、「天地有情」の世界に生きる人間の充足を生む。経済学が無視するこのような価値こそ、人間社会の共同性の基底をなしているのだ。

本書に対する注文

明治以来の国民国家はそういう農の初原的ありかたを、産業としての農業へ変えようと、鋭意努めてきた。それが農業の近代化であり、科学と技術がその先兵であった。自然保護や食料自給がかまびすしく語られる今日でも、農の根本を破壊するこういう潮流は一向に変わらない。農業は成長産業だなどという流行の言説はその証左と言ってよい。

以上のような考えを著者は新たな農本主義と呼び、農業を農に戻すことが根本主張だという。もちろんこのように紹介すれば、直ちに異論・疑念が続出することだろう。

それは私の要約がラフだからで、著者は考えうるあらゆる反論を予想して、丁寧に対応している。何よりもこの本自体を読んでほしいゆえんだ。

宇根が到達した考えには実に学ぶべきものが含まれている。それだけに私は若干注文をつけたい。彼の近代批判には大いに共感するが、近代総体についてはもっと包括的な視野が必要だろう。また「農本主義」が適切な呼称かどうか。戦前の農本主義を再評価するのはよいが、彼自身の考えはそれを超えている。徒党を組まぬ、仲間を求めぬという彼のしなやかな態度はその呼称にそぐわない。「原理主義」と称するのはもっといけない。それは物事を原理にまで突き詰めて考えることではなく、教典《ドグマ》によりどころを求める態度のことだからだ。また、ナショナリズムは歴史的にはナショナリズムの代わりにパトリオティズムを持ち上げるのも困る。パトリオティズムは歴史的にはナショナリズムの先駆形態なのだ。宇根の「在所」中心の思想を表すのにふさわしい用語ではない。

読書日記 6

石牟礼道子の文学的本質を開示した

臼井隆一郎『「苦海浄土」論』

一九六九年に『苦海浄土』で世評を得ながら、石牟礼道子は長い間、文学者・詩人として正当な評価を受けて来なかった。いまは状況が変わって、ひとつは藤原書店による『全集』(全十七巻)の刊行のせいもあったかと思うが、池澤夏樹・町田康・岩岡中正などによる画期的な論考が発表され、若手の評論家も競って石牟礼を論じ始めている。

これは当然至極、むしろ遅すぎたと言えるくらいだ。なぜなら彼女は草創以来百二十年を閲する近代日本文学中、ほとんど唯一《ただ》人と言ってよい独自なポジションを占める作家であるからだ。この度藤原書店から刊行された臼井隆一郎『「苦海浄土」論――同態復讐法の彼方』(三四五六円)は、このような石牟礼道子再評価の中でも出色の一冊と言ってよく、これまで書かれた石牟礼論の最高峰とみなして然るべきだと思う。

というのは、この本が『苦海浄土』三部作の意義を徹底的に説き明かしているからだ。石牟礼は、単に水俣病だけをテーマにした作家ではない。私自身はこれまで専らそのことを主張して来たけれど、『苦海浄土』三部作が彼女の作品群中占める重要な意義を看過していたのではなかった。ただいろんな理由から、彼女と水俣病事件との本質的な関わりについては、言及するのを回避して来た。

ところが臼井氏は的を『苦海浄土』に絞り、見事にそれを射抜いたのみならず、それによって石牟礼の文学的本質を白日のもとに開示したのである。この力業が可能になったのは、氏がバッハオーフェンの『母権論』を準拠枠として採ったからで、しかもミュンヘン宇宙論派の解釈に従って、『母権論』の意義を「太古の大地の生命観を、現代のセメント漬けにされた世界に甦らせたことにある」と読みとったからである。

氏はまず彼女が谷川雁と出会い、存在の原点へ降りて行けという雁の有名なテーゼを、彼女が「わたし家《げ》の方角」と受け取ったことを叙べる。雁の示唆を受け、さらに高群逸枝を自らのうちに受胎することによって、彼女はまさに太古の母権的世界、文字以前宗教以前の、人も生類も山河も、万物が交感する生命世界、彼女の言葉によれば「原郷」「原語圏」に慕い寄る。これが『苦海浄土』の基本構図なのだ。

共同体の死と生の物語

このことを明確にするために、氏は「銭はいらん。かわりに水銀を飲んでもらおう」という患者の声から考察を始め、「眼には眼を」という同態復讐法に石牟礼自身が言及していることを指摘する。「ゆき女きき書」において患者坂上ゆきと一体化した彼女は、黒い死旗《しにはた》を掲げてチッソににじり寄る。ギリシャ神話の復讐の女神エリニュスは母を殺したオレステスを追い詰めるが、石牟礼は子宮としての不知火海を殺したチッソを追うエリニュスとなる。

しかし著者によれば、同態復讐法の本義は「損傷を受けた共同体秩序（人間と生類と風土の総体）の回復への希求」であって、単なる復讐ではない。『苦海浄土』は復讐の物語ではなく、原郷としての共同体の死と再生の物語なのだ。本書の副題が「同態復讐法の彼方」となっているのは、「もうあの黒い死旗など、要らなくなりました」という石牟礼の言葉、さらには「自分がチッソだった」と気づく緒方正人、「水俣病はのさり」と語る杉本栄子（のさりとは賜りものの意）という二人の水俣病患者の行き着いた地点を踏まえて、『苦海浄土』を、生命世界が回復不能までに損傷される「生類史」の終局的啓示、病む天に向かって祈る悲歌として読み解くからである。

この本にはこうした大きな構図があるだけではない。著者は繊細鋭敏な作品感受力に恵まれ、「這《は》う」という言葉が石牟礼の基本動詞であるとか、「物質」の復権が彼女のめざすところだとか、すこぶる示唆に富む。「物質」の復権とは土であれ水であれモノが本来の生命力を回復することで、水がH_2Oと化した現代を嘆いたイリイチが思い出される。

著者は『コーヒーが廻り世界史が廻る』というユニークな著書を持つドイツ文学者である。本書には神話学をはじめ博大な学識が詰まっていて、気楽には読めない。だが苦労しても読みあげたい。これは何よりも現代の生への深い危機感の所産だからだ。そして道子は救済の女神なのだ。

読書日記

7

文明に〝孤島〟を作る異能者、そして聖者

坂口恭平の著作

坂口恭平さんにはまって、彼の全著作をほぼ読みあげてしまった。昨年(二〇一三年)の春ごろだったか、行きつけのカフェで偶然出会うまで、私はこの人の存在をほとんど意識していなかった。そう言えば『熊本日日新聞』に何か書いていたな、程度の認識だった。

無理もない。この人は私より五十歳ほど若いのである。孫の世代なのだ。向こうが「渡辺京二さんじゃないですか」と熱烈歓迎するものだから、面食らうとともに、何か著作を読まねば悪い気になった。そこで買って読んでみたのが『独立国家のつくりかた』(講談社現代新書、八二一円)。

思想的レベルでは、この本は何も新しいことは言っていなかった。どうしてお金がなければ暮らしていけぬと人は思うのか。誰のものでもないはずの土地にどうして所

有者がいて、売買できるのか。古来からの疑いであり、どうしてそうなったか、説明はいくらでもできる。国家なんかどうして必要なのか、という古典的な問いとおなじことで、いまさらそう問うても、古ぼけたアナーキズムのおさらいをやるだけのことだ。だが私は、子どもっぽい疑問を絶対手離さず、ゼロ円で暮らす方法を模索したり、誰にも所有権のない土地を大都会のど真ん中に見つけてしまう著者の行動力にほとほと感心した。行動力というだけではない。アイデアがすごい。モバイルハウスと称して、手作りの小屋に車輪をつけると、それだけで家を建てる土地は不要になる。これは遊びみたいだが、何よりも想像力を解放する行為だ。

次に『幻年時代』(幻冬舎、一四〇四円)を読んで、やっとこの人の本質がわかった。幻年とは幼年のもじりで、子どものころの団地生活の回想なのだが、彼は幼時から、いま自分を取り巻いている「現実」のほかに、いくつもの多様な現実があると感じていたのだ。つまり「現実」とされているのは仮面で、その奥にもうひとつの世界があると、思うのではなく感じていた。

これは異能である。すぐれた宗教家や芸術家は、多かれ少なかれこういった異能者だった。『幻年時代』は文学的表現としてすぐれていて、作家としての才能を十二分に示していた。果たせるかな、彼は小説の分野でもチャレンジを続け、その成果は今年になって『徘徊タクシー』（新潮社、一四〇四円）に結実した。坂口恭平は〝独立国家〟とか〝ゼロ円生活〟といったパフォーマンスをやめはしないだろうが、文学の分野でも、重要な現代作家の一人となっていくに違いない。

語りの甘美さに酔う

彼は早稲田大学建築学科の出身だが、建築物を建てようと思ったことは一切ないという。彼はもともと人間が暮らす空間のありかたに深く切実な関心があったのだ。その空間が商品としての「住宅」に限られるはずはない、いや限られてはならぬと彼は考える。そういう思考を含めて、彼の独特な発想がどういう道筋をたどって育ったのかを知るには、『TOKYO　0円ハウス0円生活』（河出文庫、八二一円）が最適だ。

彼の「ゼロ円生活」の発想源となったのは路上生活者である。彼らが都市の廃棄物を利用して生きる知恵とフリーさに恭平さんは驚嘆する。彼らのフリーさは高度消費社会の浪費を前提としているだけで、社会改革のモデルにはなりっこない、などと批判するのはたやすいことだ。だが『隅田川のエジソン』(幻冬舎文庫、六四八円)を読むとよい。私は路上生活にみなぎる幸福感に束の間酔い痴れた。恭平さんはいささか美化しているかも知れないし、路上生活が現代文明からの脱出路であるはずもない。しかし、この語りの甘美さ。そこに恭平さんの一切がある。

彼は近著『現実脱出論』(講談社現代新書、八二一円)で、独自の時間・空間論を披露している。だがその特異感覚の背後にどういう苦しみが隠されているか、『坂口恭平　躁鬱日記』(医学書院、一九四四円)が赤裸々に語る。

この人はひょっとすれば人類の苦しみを負うているのか。だとすれば一種の聖者だ。彼は強迫的な高度消費文明のただ中に、フリーで夢いっぱいの小島を作ろうとしている。文明全体を変えようというのではなく、ただひとつの孤島を。残り少ない老後ではあるが、彼の歩みを今後も見守り続けたい。

読書日記 8

奥行きのある言葉が人間の姿を造型する

伊藤比呂美『父の生きる』

伊藤比呂美さんから戴いた『父の生きる』（光文社、一四〇四円）には、いろいろなことを考えさせられた。この本は昨年（二〇一三年）の一月に出ている。お父さんが亡くなられたのは二〇一二年の四月だ。「あとがき」には、〇九年から一二年までのブログをもとにして加筆したとある。

要するに父が亡くなるまでの介護日誌なのだ。みんな一斉に長生きになった今では、誰しも老いた親の看取りには苦労している。珍しくもない話と考えるなら、ちょっと違う。この人の奮闘は並ではない。

第一、本人はカリフォルニアにいて、両親は熊本で老いている。前夫の赴任地の熊本で暮らしていたら、両親がひとりっ子の比呂美さんを追っかけて、東京から熊本に来り住んでしまった。ところが彼女は英国人の画家と再婚して、カリフォルニアへ飛び出した。熊本に残された父母はどんどん老いて、母は病院を盥廻《たらいまわ》し、父はヘルパーさん頼り。勢い比呂美さんは年に何回も熊本へ帰って、両親を看取ることになる。週末に車で親のもとに通うというのとはスケールが違う。太平洋をまたいでの介護なのである。

老いかつ病んでゆく親の世話がいかに大変なものか、病院めぐりの厄介さ、事務的手続きの煩雑さ、日に日に進む親の身体のみならず人格の崩壊に直面する辛さ——およそそういった叙述に、確かに私は圧倒された。うひゃあこれは大変と思った。

しかも親だけではない。夫は比呂美さんの年の倍はある老人で、しかも気むずかしいワーカホリックであるばかりでなく、比呂美さんが親にかまけることに不平満々である。間に出来た少女の教育も心配で、何とか日本語を身につけさせたい。前夫との間になした娘二人はもう女になっていて、特有の悩みを比呂美さんに訴える。そのうえ金を稼がねばならぬのは、日米間の航空運賃を考えただけで明らかである。

私はもうとっくに両親を喪っているが、こんな大変なことはまったくなかった。というのは私が無責任男だからかもしれず、比呂美さんの責任感とパワーには感嘆せざるをえない。彼女がパワフルなのはもともとわかっていた。以前戴いた『犬心』(文藝春秋、一六七四円）を読んで、犬を飼うとはこんなに大変なものか、飼わずに来てよかったと思ったが、それほどこの本は犬という存在と全人格的に格闘する壮絶極まりない物語になっていて、それというのも、彼女自身が生きるパワーの権化だからである。

感嘆する言語能力

彼女は父の寵児であり、自分も父が大好きであった。それでも、老いて自分により掛かる父がひたすらいとしいというわけにはいかない。アメリカから毎日電話するのだが、したくないことだってしばしばという次第。この本はほとんど父との電話の記録なのだが、電話も含めて彼女の奮闘ぶりだけに私は感銘を受けたのではない。私が何より感心したのはその語り口の爽やかさである。

このような事例を、嘉村礒多のようなかつての私小説家が扱ったならどうなったか。これこそ人間の実相と言わんばかりの、厳粛・陰惨・深刻な作品が現出しただろう。

ところが伊藤比呂美という現代詩人は、ただ事態をたいらかに直視し、がっしりと受けとめる。受けとめているのは心根かもしれないが、それ以上に言葉である。ふくらみがあり奥行きの深い言葉遣いが、うっとうしい限りの現実を、よくもあしくも人間が生き抜く姿として明るく造型する。だから「父の生きる」なのだ。

私は何よりも彼女の言語行使能力に感嘆する。文章とは呼吸でありボキャブラリでありメリハリであり品格である。小林秀雄によれば、言霊《ことだま》とは別にそんな神様がいるのじゃなくて、言語に潜在する霊妙な働きをいうのだそうだ。だとすると、彼女はまさに言霊にことほがれているのだ。現代はそれらしい形を作ってみせる小説家や詩人にはこと欠かないが、ほかならぬ自分自身の感性によって、日本語という言語体系のもつ可能性を引き出す表現者は少ない。彼女がそういう真の表現者であるのは、八年前に書いた『とげ抜き　新巣鴨地蔵縁起』（講談社）の明らかに示すところだ。今度はもう一度、いや二度でも三度でもいい、こういう本格的な小説を書いてほしいものだ。

読書日記
9

人の世になじまぬもどかしさを出発点として

石牟礼道子
『不知火おとめ』

石牟礼道子『不知火おとめ』（二五九二円）は、著者の十八歳からはたちのころ、すなわち一九四五年から四七年にかけて書かれた詩文集である。版元は藤原書店で、同書店がなし遂げた偉業『全集十七巻・別巻一』に収められたものも、『タデ子の記』など若干含まれてはいるが、大部分は『全集』未収録で、のちには代表作『苦海浄土』三部作の詩人となって現れる著者の原点を示すものとして、数多いファンたちの関心をひかずにはおかぬだろう。

何といっても注目されるのは、彼女が二十歳のとき初めて書いた小説『不知火おとめ』である。彼女はのちに『サークル村』に『愛情論』という重要なエッセイを発表しており、その中で、結婚当初「結婚ヶ何ですか」と質問を発し続けて夫を悩ませたと書いている。『不知火おとめ』に描かれているのはまさに、「結婚ヶ何ですか」と問うてやまぬ厄介な若妻の姿なのである。

苦難を蒙る他者への熱いまなざしに石牟礼の文学の本質を見ようとする人は、彼女のこの処女作が、自我と周囲の葛藤を描く「私小説」風であることが意外でもあり、がっかりでもあるらしい。私小説には他者はいない。石牟礼も文学的出発に当たっては他者の見えぬ私小説的作法にとらわれていた。ただ、列車の中で見つけた戦災孤児をわが家に連れて帰る『タデ子の記』には、後年の彼女につながるものが見出せる。

篠田一士・丸谷才一以来、私小説は日本近代文学をつまらなくした元兇だということになっている。車が空を飛んだり、裸の女がパラシュートで降りて来たりするのが、「物語」であるべき文学の本来の姿だという。

しかし、近代小説とは一人称だろうと三人称だろうと、すべてイッヒ・ロマンだったのである。『若きウェルテルの悩み』も『貧しき人々』もそうなのであって、日本近代小説の一帰結たる私小説も、イッヒ・ロマンの変型たるを失わない。私小説に他者がいないというのは、神話にすぎまい。中核に自我と環境との違和・相剋を据えるのがイッヒ・ロマンで、この中核を持たぬのはただのお話だというのが、近代文学の矜持であった。

この矜持には袋小路が待っていたが、にもかかわらず自我と、それを取り巻く出来上がった世界の間に生ずる軋りを発条としない、おもしろおかしい物語はエンタテインメントにすぎないという鉄則は変わってはくれないのだ。

変わらぬ世間への懐疑

私はかつて『苦海浄土』は石牟礼道子の私小説だと書いて物議をかもしたことがある。彼女が生まれつき持つ人間世界への違和感なしに、水俣病患者の苦しみの核心に到達できなかったと、私は言いたかった。寄るべなくこの世にほうり出された赤兒《あかご》の孤独、言葉も思いも他者に伝わらないもどかしさこそ、この人の一生変わらぬ文学的主題だった。

処女作『不知火おとめ』を貫いているのも、人の世になじまぬこのようなもどかしさであり、それゆえにこそ主人公は「結婚とは何か」ともだえるのである。単なる性的な男女関係は、彼女の後年の表現によると「接続詞のようなエロス」にすぎない。

男女間の愛も含めて、人間のみならず山河・鳥獣をも一員とする他者と、おのれとをつなぐ根源的な愛を求めるゆえに、彼女は「結婚とは」と問うひねくれ者となる。

この作品は実際とは異なる夫や両親の像を作為している点で、フィクションであることを忘れてはならない。しかし、ここに表出されている強烈な世間への拒否と懐疑こそ、二十歳の彼女の取り下げようのない真実であり、タデ子への思いも、後年の水俣病患者への憑依もこの泉から湧き出たのである。

ほかに収録されている日記・手紙・短歌の類《たぐい》は、幼くはあってもあの大戦を一少女がどう受けとめたかを語るものとして、ファンのみならず広く読まれてしかるべきだろう。だが私はやはり、言葉の霊にわしづかみにされた希有の才能の存在を感じないではいられない。まだ未熟でも、この少女には言葉に対する自分だけの構えと感覚がある。歌集につけた序文にも杳かなものへの一筋縄ではいかぬポーズがあるのだ。参った参ったというのが私の実感だ。

読書日記

10

「イスラム国」を正視する眼

池内恵『イスラーム国の衝撃』

池内恵『イスラーム国の衝撃』（文春新書、八四二円）を読んで、著者の〝正気〟が健在なのを知った。というのは二〇〇二年、この人の最初の著書『現代アラブの社会思想』（講談社現代新書）を読んだとき、イスラム原理主義への毅然たる批判的態度に感銘を受けたからだ。当時、アラブ研究者の中には、アルカイーダシンパみたいのがごろごろしていただけに、この人は正気だ、明晰な知性の働きを保っていると感じた。

池内さんのこの度の新著は、「むすびに」に書かれているように、イスラム過激派が領域国家の形成を宣言するという、いまだかつてなかった事態を前にしての緊急出版であって、一種の時事解説といっていい。そして、そのようなものとしてもこの本は第一級である。

いわゆる9・11のあとアメリカの反テロ軍事行動によって追い詰められたアルカイーダが、米軍のイラク進攻によって息を吹き返し、中枢を持たぬ分散型・フランチャイズ型のグローバル・テロリズムとして拡散したこと、そのような分散型ジハード(聖戦)組織のひとつが、「イスラム国」を形成するに到ったのは、いわゆる「アラブの春」による「統治されない空間」の出現によるものであることが、精密な情報の提示とその的確な分析によって明らかにされてゆく。

まことに分かりやすく説得力に富んだ時事解説といってよいが、私が感心したのは何といっても、イスラム原理主義あるいはジハード主義に対する著者の原則的な判断だった。つまり著者は、要領を得た正確な時事解説という以上に、世界史的展望に立つ思想的な問題把握を提示しているのだ。

それは「イスラム国」の指導者がカリフ制復活を宣言したことについての、著者の解説の仕方にはっきり表れている。むろん「イスラム国」側が一方的にカリフ制復活を宣言したからといって、それを全世界のイスラム教徒が認めたわけではない。しかし著者はしっかりと指摘する。

「イスラーム法では、カリフの存在の必要性は明確に規定されている。……努力目標としてカリフ制の復活を掲げることに真っ向から反論する根拠は、イスラーム教の枠内にはない。……『カリフ制の復活』は正統な大義として認められている」。すなわちイスラム教の正統を守る以上、歴史は千年にわたって逆転されねばならぬのである。

邪教視せずに正視する

「イスラム国」が主張する奴隷制の正当性についても著者はいう。それがどんなに悪評嘖々《さくさく》であろうと、「『イスラーム国』が引用してくるイスラーム法上の典拠は通説を逸脱したものではなく、征服地の異教徒を奴隷化することは、イスラーム法上、明確に規定された行為である」。もちろん奴隷制を悪とする近代的規範は、現実のイスラム諸国も認めている。しかし一方、人間が制定した諸規範は誤謬を含み可変的だとする観念は穏健派イスラム主義者にも共有されており、奴隷制廃止という近代的規範は、イスラムの教義体系内では、依然として挑戦可能なのだ。

「イスラム国」に全世界から義勇兵が参加していることについても、貧困とか差別とかに原因を求める一般の論調に対して著者は、イスラムの教義体系中にジハードの崇高性の賛美があり、それが貧しくもなく差別もされていないイスラム教徒に一定の訴求力を持つことを示唆している。

著者はけっして、イスラム教を邪教視しているわけではない。ただそれが宗教改革、ひいては政教分離を経ていない世界宗教であることを正視したいのだ。正典の言葉を保留なしにそのまま受け入れる宗教なのだ。キリスト教は宗教改革と政教分離を経ることによって近代に適応した。それ以前のキリスト教が世界を制覇したらどうなっていたか。スペイン人征服者はインディオ集落を攻撃する前に、異端宣告書を読みあげた。「イスラム国」はコンキスタドールの時点まで歴史を巻き戻そうというのだ。

イスラムジハード主義を「アメリカ中心のグローバリズムへの正当な対抗勢力」、あるいは「西洋近代の限界を超克するための代替肢」であるかに錯視することを、私は著者とともに断乎として拒みたい。

読書日記
11

家族を超えた家族への夢

坂口恭平
『家族の哲学』

まず死にたいという男が出て来る。鬱のどん底なのだ。無能であり生きている価値はないと思う。こんな男を平気で受けとめてくれる妻のフーが不思議だ。幼い娘のアオ、息子のゲンが、こんな父親の姿を見ながら、正常に育つはずはない。死んだがいい。

ところがこの男恭平は、いったん躁となれば、私設いのちの電話を開設し、死にたいと訴える人びとの言い分を聞いてやり、挙句はリストカットを繰り返す少女をわが家に引き取る始末。自分は天才だと思い、全能感に溢れ、全国どころか海外まで飛び廻る。

躁の峯が高いほど鬱の底は深い。ところが、そういう厄介な男とその家族の日常は地獄に違いないはずなのに、ふつうの家庭よりずっと変化にとみ、親和と生命感が溢れた毎日が繰りひろげられているのだ。この男は家族がいるから生きている。家族は命綱なのだ。

現代は家族の意義が問われ続けてきた時代だ。家族なんてそのうちなくなるという人もいるし、家族は諸悪の根源という人もいる。作者自身少年のころ、ボクが変なのは親のせいだと口走ったことがあり、中学以来関係が続いた恋人は、親のせいで私は不幸だと言って自殺を試みた。

作者は自身の親族、妻の親族にとてもとらわれている。この小説の面白さはその親族図絵の多彩さにもよっている。実は作者はすべての人間の中に「家族」の匂いをかぎとっていて、それを「嗅《かぐ》家族」と呼んでいる。つまり、家族へのアンビバレンスがある訳で、家族を超えた家族への夢が、この小説の核心をなしているのだ。

この小説は作者自身のことを書いていて、むかしなら「私小説」と呼ばれたジャンルに属する。しかし、「私小説」の閉ざされた自尊やポーズはまったくない。「私小説」の核心だった自己への誠実はしっかり受け継ぎながら、もっと開かれた自由で透明な世界が表出されていて、やはり世の中は進むのだと私はとても感動した。(毎日新聞出版、一五一二円)

読書日記
12

平凡ゆえの非凡、笹川良一の息子・良平が貫いたもの

高山文彦
『宿命の子』

笹川良一といえば児玉誉士夫と並んで、超国家主義者にして政界の黒幕、競艇界からあがる莫大な利益を一家で吸い上げた不徳義漢というのが、一般の印象だろう。事実、一九九五年に死去したとき、各紙はかつてのA級戦犯容疑者、右翼のドンと一斉に報じた。

実像はまったく違う。なるほど良一は戦前、ふつうの日本人のようにナショナリストであり、右翼団体の指導者だった。だが児玉のように軍部と結託して利を得たことはなく、翼賛議会、東條内閣への批判者で、A級戦犯に指名されたのはGHQに睨まれたからにすぎなかった。競艇事業からは売り上げの三・三パーセント、良一死亡の当時六百六十億円が、彼の創設した財団に流入したが、彼はその金を一銭たりと私せず、政界工作に使うこともなく、ただ世界のハンセン病患者救済のために使った。

虚像と実像の差は目くらむほどだ。だが、この本はそういう良一の雪冤の書ではない。父良一を「戦後最大の被差別者」と感じ、父のハンセン病患者救済の志を受け継ぐことで、父の汚名を晴らそうとした息子笹川陽平の物語なのである。

陽平は良一の嫡出子ではない。良一の妾の一人が生んだ三人の男子の末子である。良一はこの一家を早く見捨てた。東京大空襲の夜、陽平は母と業火の中を逃げまどい、九死に一生を得た。戦後、母子がなめた辛酸はいうまでもない。のちに、良一が最も気に入りの妾と構えた家に引き取られたが、扱いは下男同様だった。

無情な父を恨んで当然である。良一という男の眼中には世界人類しかなく、家族への私情はほとんどなかった。この点でも特異な人物だったのだ。二人の兄の一人は父に反抗し、一人は適当な距離をとった。陽平一人が、誠心誠意父につき従い、ついにその志を継いだ。それも、おまえが後継者だという受託の言葉など、一言もないのにそうした。

年間数百億という資金に恵まれた財団をねらう虎狼をはねのけ、その間いわれのない中傷を蒙りながら、陽平はついに父の事業を守り抜き発展させた。野心とか欲心とか権勢欲とかにもっとも遠い実直な男である。酒も煙草もやらず、女も囲わない。腹心を作らず親分にもならぬ。ただ世界中を飛び廻り、ハンセン病患者を肉親のように抱き締める。

いったいどういう男なのか。著者を突き動かしたのはこの疑問であり、それが週刊誌連載七十四回、六百八十ページになんなんとする重厚な評伝となった。父の汚名を晴らしたいという。ただそれだけか。人類すべて兄弟というのは父のいささか誇大妄想的理念だった。ところが陽平の実践は、何のてらいもなく父の理念を日常化している。陽平は父の大らかで無私な善意に惚れこんだ平凡人で、ただその惚れこみようが非凡だった。著者はその平凡の非凡さに魅せられたのだ。

著者はこれまで、ジョセフィン・ベーカー、中上健次、松本治一郎といった個性の強い人物の評伝を手掛けて成功してきた。事実をしっかり調べるだけでなく、人物の蔭や内面にも踏みこみ、いわば文学的な読みこみのできる繊細な感性の持ち主であることを、その度に証明してきた。

今回の大作にもそういう特色が十分に発揮されているが、私が特に感じたのは一種の熱っぽさである。

競艇界や財団に群がるいろんな人物や、入り組んだ複雑な出来ごとを叙述していくのは、大変煩雑で下手をすると労多くして功少ない作業になりかねない。著者がこれをみごとに乗り切ったのは、笹川陽平という不思議な人物、平凡な非凡、平俗な聖性という現象に深く心ひかれたからに違いなく、また彼の半生をたどることが戦後日本史のかくれた真実の発見となったという興奮ゆえでもあったろう。著者はその熱い心の昂りを冷静に語ることに成功した。著者の仕事に新たな里程標が建ったと言ってよかろう。（小学館、二七〇〇円）

Ⅳ　講義

ポランニーをどう読むか――共同主義の人類史的根拠

この講義は一九八〇年、葦書房で行ったものである。葦書房での講義の主なものは『なぜいま人類史か』（葦書房、一九八六年）に収めてあるが、この講義はその際、収録を見送ったもののひとつである。見送ったのはテープを起こした原稿が、話し方の散漫さのせいで、かなり厖大なものになっており、整理にエネルギーが取られそうだったからだ。三〇年も前の講義を今さら手を入れて公表する価値があるかどうか、二の足を踏んだが、やはり私にとって大事なテーマを語っているので、この際ムダな部分を徹底して省き、必要な加筆を施して発表することにした。ただし、一九八〇年以降の諸変化については言及せず、あくまでも八〇年当時の私の認識を示すように注意した。

新動向を取り入れたものが勝つ

カール・ポランニーはいまはやりの思想家です。最近「岩波現代選書」で『人間の経済』の翻訳が二巻で出ましたし、栗本慎一郎さんあたりが以前から担ぎ廻っておりましたので、彼の名は経済人類学という新しい学問の名とともにかなり普及してきたと言ってよろしいかと思います。ただしこの人の本は五、六年前からすでに何冊か翻訳が出ております。

最近、といってもそんなに新しいことでもないんだけれども、学問の世界に新しい波がおし寄せて来ていることはみなさんお気づきだと思います。そういう学問の転換はファッション的には『現代思想』という雑誌が一番よく代表しております。これはいまや日本で一番ハイカラな雑誌ですね。いわゆる西欧的な知というものをもっとも尖端的に紹介している。今年（一九八〇年）の春、この雑誌で『諸学の現在』という特集号を出しました。この編集長をやっている三浦雅士さんというのはたいしたもの識りでして、この人が歴史学、政治学、経済学、人類学、言語学など人文諸学のトップの研究者と対談して、人間に関する学問の今日の到達点を明らかにしているわけです。

この到達点というのは具体的には、構造主義以後の動きということになります。ソシュールにしろ、フッサール、フロイトにしろ、またマリノフスキーにしろ、これは戦前から知られていた思想家、あるいは学者ですけれども、彼らの業績が構造主義を通るなかで見直されて来た、その意味がはっきりして来たというふうな状況になっているものと思います。そこでまたいわゆるインタディシプリナリーな傾向、諸学問の相互乗り入れ、あるいは従来の諸学問の垣根の解体、マージナルな領域の再統合といったことが、大いに叫ばれることになっています。お読みになりますとわかりますが、この対談ではパラダイムという言葉の花ざかりでありまして、ここで喋っている若手学者諸君は、古いパラダイムに則って仕事している連中はみんなバカだと思ってるんですね。だいたい、この新しい学問状況の展開をおさえずに古い概念に安住しとる奴は、どんな大家であっても阿呆である、あいつらは話してもとてもわからん、こう思っておりますね。私はそこが大変面白かった。

脱構築主義自体をとりましても、レヴィ＝ストロースやフーコーはもう古くて、最尖端はデリダなんだ、いやそうじゃなくてドゥルーズなんだといった具合に、どんどん最前線が移動している。こういう状況、西洋から絶えず新傾向―新潮流がはいってきて、それをいち早く自分のものにした若い奴が老人たちをバカにして葬り去っていくという状況は、やはり日本の学問が明治以来ずうっともって来た形、仕組みでありまして、まあ非常に笑うべきことのようでもありますが、実は笑えないんですね。日本の学問というものはやはりまだ百年にしかなりません。西洋的な知を取りいれてものを考え出してから百年にしかなりませんので、やはりどうしたって、ヨーロッパの新しい動向を先に取りいれた奴が勝ちだということが今でもあるわけです。

ヨーロッパのものを考える伝統というのはアリストテレス以来のがっしりしたものがあるわけで、煉瓦をひとつひとつ積んでいくようなところがございますから、どうしたって彼らは先行者である。それに日本の学問とくに社会科学は、マルクス主義の影響で、国際的に見ても一種の鎖国状況のような特殊な発達をして来ておりますので、そういう閉鎖されたパラダイムを欧米の新動向の移入によって打破するのは、それ自体は大変結構なことであります。また、知というものは一種の普遍性をもっていて、ある位相まで上昇して行けばとくに国籍を問わないということがある。ですから、今日起っているヨーロッパ的知の同時的な日本上陸は、移植というより一種の国際化現象といってもいいかも知れません。しかしそれはともあれ、ヨーロッパから学び続けるということは、ヨーロッパの知を自分を試す抵抗の素材として受けとっていくということであるべきですし、そこで生じる傷を自覚し、そこから課題をひきだしていくということであるはずでしょう。だから、早く新動向を取りいれたほうが勝ちだというのはやはり非常におかしいし、おかしいという以前に社会心理的現象としてなかなか面白いんですね。

それで私などは、ちょうど昭和の初めにそういうことがあったなあという気がいたします。昭和の初めに既成文壇の大家たちが、いっせいに時代おくれになってジャーナリズムから葬り去られようとしたことがあるんですね。これはマルクス主義が大正末期から昭和初期にかけて制覇いたしまして、学界、論壇だけじゃなく文学・芸術の世界も支配するということがありました。要するにマルクス主義を通過しない奴はだめである。そういう奴は時代おくれでもう話にはならんのだという雰囲気が出てきたんです。それで宇野浩二さんのような非政治的な私小説家には、注文も来ないという状況になってしまいました。正宗白鳥さんは例の円本の印税で外遊して、昭和四年に日本に帰って来たんですが、編集者から、先生の御留守中に文壇もだいぶ変りましてねえ、今じゃ小林多喜二と徳永直が一番の売れっ子ですといわれて、その二人の名さえ知らないことに愕然としたわけです。

最近起っている学界・論壇の新動向というものは、むろん知的ジャーナリズムの全般的地位低下ということもあってはるかに局部的な現象ですが、それでも昭和初期のこの現象にかなりよく似ている気がします。つまり、マルクス主義の文壇占拠によって白鳥とか浩二などの文学が一切価値を失ったように見えたのは一過性の錯覚にすぎなかったわけですが、しかしその一面、当時マルクス主義すらきちんと消化対決していないとすれば、少なくとも学者・思想家として情けないといわざるをえない。今日の学問上の転換についても、おなじような二面的な対応がわれわれには必要だという気がいたします。

だいぶ脱線をしましたが、ポランニーというのはそういう新しい知の潮流の有力な一要素として日本に迎えられているのです。ただこの人の考え方は、私がこれまでに何冊かの本に書いてきた考えと非常に重なる部分がありまして、それで大いに示唆なり刺激なりを受けるわけです。ですから今日ポランニーについてお話しするのは、何もいわゆる新しい知を部分的にかすめとるという意味ではなしに、私の年来の課題からすればポランニーがどう読めるかということを論じてみたいのです。まず予備知識的なことを多少申上げておきます。

ポランニーの生涯

この人はハンガリーの生れでして、生年は一八八六年、つまり明治十九年です。なくなったのは一九六四年、つまり昭和三十九年です。生れはハンガリーですが、思想形成をやったのはウィーンだろうと思います。

二十世紀初めのウィーンは知的に見て大変面白いところです。フロイトはいうまでもありませんが、哲学ではウィーン学団がありますし、それに関連しまして例のヴィトゲンシュタインやカール・ポパーがおります。つまり第一次世界大戦後のウィーンには、二十世紀の新パラダイムとなるべき知的発酵状況があって、ポランニーもその中で思想形成を行ったと見てよろしい。とくにマルクス主義の決定論的思考を克服する点で、彼はポパーからかなり影響を受けたんじゃないかと思います。

ウィーンでは金融雑誌の海外ニュース編集を担当していたとのことですが、この時代には時論的な本もいくつか書いております。しかし彼が独自の体系を形成し始めたのはイギリスへ移住してからです。これは一九三三年のことで、むろんナチスの圧迫を避けて亡命したのですが、この時彼はほぼ五十になっているわけですね。つまり彼は五十代になって初めて自己の独自な体系を構築しだしたのです。これは大変凄いことですし、凄いというより、何よりも意に適うことだ、もの学びをする人間はかくあらねばならぬというふうに私などは感じます。イギリスでは大学に関係する一方、労働者教育にたずさわっていたのですが、この仕事を通じてイギリスの労働者階級と接触したことが、この人の学問を大きく変えていくきっかけになったようです。

それはどういうことかと言いますと、ポランニーは、イギリスの労働者のなかに先祖からの言い伝えとして残っている、いわゆる資本の原始的蓄積過程のすさまじさに関する口碑に触れたのです。つまり資本主義が初めて歴史の水平線上に姿を現したとき、農民たちが都市のスラム街に叩きこまれて、いわゆる初期資本主義の地獄篇を経験したわけですね。エンゲルスが『イギリスにおける労働者階級の状態』のなかで述べていますような、子どもの深夜労働というものも含めた悲惨な状態が現出しました。その地獄篇的体験がイギリスの労働者の記憶のなかに口碑としてとどまっていたのです。ポランニーはこのなまなましい口碑に触れて、ひとつの強力な着想を得ました。

ブレークというイギリスの神秘主義詩人がいますが、彼の詩句に「悪魔の挽き臼」というのがある。人類にとって十八世紀末から十九世紀にかけてイギリスに姿を現した資本主義はその「悪魔の挽き臼」ではなかったのか、ポランニーはそう考えたわけです。後で申しますように彼は市場社会という概念を用いるのですが、人類はなぜそうした苛酷な市場社会に到達したのであろうかという問題意識がこの人のなかに生れて、展開していくことになります。

彼が最初に自分の体系をはっきり打ち出したのは『大転換』（邦訳・東洋経済新報社）という本です。これは一九四四年にニューヨークで出まして、翌四五年にはロンドンでも出版されました。そののち彼は、アメリカへ渡りましてコロンビア大学で教えておりました。そして六十六歳頃退職して、あとはカナダのベニントン大学で晩年の十年を送りました。この十年は猛烈な勉強に明け暮れる日々であったということです。

ポランニーは自分の体系を展開した著書は『大転換』一冊しか書いておりません。今日日本では訳書としては、この『大転換』と先に言いました『人間の経済』のほか、『経済と文明』（邦訳・サイマル出版会）、『経済の文明史』（邦訳・日本経済新聞社）という二冊がありますが、これは全部ポランニーの死後に編纂されたものです。そういうふうに生前の著書が少なかったのは、むろん名声が確立していなかったということもありましょうが、第一そういう名声に関心がなく、勉強に忙しくて著書など書いていられなかったのではないでしょうか。事実、死後には厖大なノートが残されております。さっきも言いましたように、この人は自分の学問的な課題をはっきり自覚したのは五十代なんです。死んだのは七十八歳ですからほぼ三十年足らずの歳月があったわけですが、とにかく六十になろうが七十になろうが、自分がかかえこんだ課題と黙々と取り組み、その取り組んだ姿において倒れるという生涯がここにあると思います。これはやはり、なかなかいいんですね。

それから、この人の確立した考え方というのは、西欧的な知のなかではかなり異端的なのです。これは実際には、かなり大変なことです。これは皆さん、評論家にでもなって文章書いてみられるとすぐおわかりになるんで、左翼的な知の大枠のなかでお書きになっていれば無事にすみますが、そういう知の体制から一歩踏み出して自分の考えを展開して行くとしますと、これはもう大変なことになりまして、頭は瘤だらけです。まあ瘤くらいはいくつできてもいいんですが、あんまり言われますと、どうもこんなふうに考えているのはおれ一人で他人はみんな違うらしい、おかしいのはおれのほうかも知れんという気が、人間どうしても起ります。しかし、そうならずに断乎として、知の常識に逆らうような展開を貫くようでありたい。これは、いやしくも思想的課題を担う以上、そうありたいものです。ポランニーはまさにそういう大変な仕事をやり遂げたと思うのです。

逸脱としての市場社会

前置きはこれくらいにしてポランニーの体系にはいりたいと思いますが、彼の体系は、『大転換』と『人間の経済』でほぼ完全に出ております。そもそもは『大転換』で骨格は完成しているといっていいのですが、これは書かれた時期からいって、自由放任型市場経済の崩壊がもたらした社会的な大きな変動、つまりロシア革命からファシズムの台頭、ニューディール、そして第二次世界大戦と続く一連の大過渡期の意味を読み解くというモチーフに強く支配されている。『人間の経済』ではそういう時代状況的な問題意識は一応薄れて、人類史の総体的把握という、より理論的な課題が純粋なかたちで自覚され、体系自体もより精緻なものになっているといっていいかと思います。この両著のあいだにはむろん理論的な進展や相違点もありますけれども、今日の話は、それぞれの著作の個別的な内容や、それと全体系との関係などという細かいことは抜きにしまして、また出典についてもいちいち断らずにやらせていただきます。

ポランニーの発想の起点には、三〇年代における市場原理の混乱ないし崩壊ということがありました。これはいうまでもなく二九年を起点とする大恐慌が世界市場の縮小と分断をもたらし、それがさらに世界大戦を誘発するという一連の過程でありまして、オーストリアという不安定な中部ヨーロッパで労働運動を見まもっていたポランニーにとって、何よりも切実な考察の対象であったはずです。当面の危機の現象的な性質について、彼に特別な認識があったわけではありません。当時の誰もがそう認識していたように、現象している危機とは、金本位制も含めての古典的な市場システムの崩壊であり、失業、飢餓、ストライキ、社会不安であり、ナチズムと日本軍国主義の世界再分割運動であり、その結果としての戦争であったわけです。

こういう現象への解釈をポランニーは強いられたのですが、そこで生み出された解釈はまことにユニーク、かつ射程の長いものでありました。一言でいうと彼は、当面の危機を自己調整的な市場システムの必然的な帰結と見なしました。こういうと簡単であり、また平凡に聞こえますけれど、この命題はポランニー独自の人類史的把握を含んでおりまして、相当にドラマティックな意味合いをもっています。

まず自己調整的な市場システムということですが、この概念自体はなんらポランニーの独創ではありません。ポランニー自身の規定では「自己調整的」とは、「市場価格以外の何ものにも統制されない」ということでありまして、要するにそれは、アダム・スミスの「見えざる神の手」という有名なフレーズによって一般的に理解されているような、それ自身を通じて資源・資本・労働をもっとも合理的に配分する自動均衡的な市場機能、つまりは古典的な自由主義経済学の想定する市場モデルのことでありますす。ところがポランニーは、単にこのシステムが破綻したということをいいたいのではないのです。それだけのことならば、話はケインズどまりです。「自己調整的市場」とポランニーがいう場合、それには歴史的性格が読みこまれておりまして、その読みこみがかつてないユニークなものであったのです。

このような市場、マルクス主義風にいうと世界市場は、長い発達の歴史をもち、近代になって全面的に成立したとふつう考えられています。つまりそれは資本制の成立であり、一種の歴史的必然とみなされます。歴史的に見て、そのようなシステムが成立したのには十分進歩的な意義があり、ただ歴史の進展とともに修正ないし廃棄の運命に直面したのだというわけです。ところがポランニーはこのような常識に敢然と異を唱えました。

彼の考えによれば、このような「自己調整的市場」の出現は人類史の累積的な発展の結果でもなんでもなく、逆に非常に人工的な措置から生じた突然変異なのです。ポランニー自身の言葉でいえば、それは「持続的な経済の発展というより芋虫の変態に似ている」のです。一言でいうとこのシステムは、それが出現するまでの人間社会の経済システムとは全く異質なものであり、その特性は異常かつ変則的であって、とうてい人類史の正常な展開とは認めがたい性質のものなのです。

「自己調整的市場」が逸脱した異常なシステムであるというのは、ポランニーによれば、それが「人類社会史上健全なものとはみなされたことのほとんどなかった動機、しかも、以前には日常生活における活動や行動の正当化原理に高められたことなど絶対になかった動機、すなわち利得動機に基礎を置く」文明から導出されたシステムであるからです。それは人間の共同社会をほろぼすシステムなのです。そのことをポランニーは、資本家ですらこのような市場メカニズムから保護されねばならぬのだというふうに説明し、「自己破壊的」と規定しています。このシステムの「ユートピア性」つまり異常性は、彼によれば、何よりもまず人間と土地を商品化したことにあらわれているのです。ポランニーによると、土地を単なる経済的な生産要素と見るのは「ユートピア的」であって、そもそも土地とは人間生活に安定性を与えるもの、すなわち居住の場であり、風景であり、四季であるのです。これを市場商品化するのは異常の極みでなければなりません。

もちろんこの捉えかたはマルクスと異ならないわけですけれども、そこには文脈的な違いがあります。土地が商品化され、そのための市場がつくられたのは、「われわれの祖先の所業のうちもっとも不気味なもの」だとポランニーがいうとき、そういう事態を人類史の必然的な展開とみなすのではなく、逆に逸脱した異常な展開だとする視角が提示されている。これはつまり、資本制以前の社会は多かれ少なかれ人間の共同社会であって、経済が社会のなかにインベッドされていた、つまり埋めこまれていたのに対して、資本制は、その埋めこまれていた経済が自立して社会を従属させ、社会の本質的な属性である共同性を喰い滅ぼしてしまった異常な歴史的一時期である、という捉えかたになります。後述するようにポランニーは、自己調整的な市場暴走を社会が規制するのは比較的容易だと楽観しているのですが、こういう楽観は、市場経済が人類史における共同社会の長い伝統からすると一時的な逸脱にすぎないという、彼の基本的な捉えかたから出てくるのです。

このポランニーの基本的な把握にはむろん問題があります。しかしその点にはあとであらためて触れることにしまして、今は何よりもまず、このようなポランニーの資本制の捉えかたが、実は彼ひとりの直感ではなく、近代史上のひとつの重大な文脈に接続するものであることを申上げておきたいのです。

ポランニーは市場経済を「飢えと利得の誘因によってのみコントロールされた盲目的な挽き臼」と呼び、「このように強いられた功利主義的実践が、自分自身とその社会に関する西欧人の理解を宿命的にねじ曲げてしまった」と慨嘆しています。ところがこのような資本制に対する直感は、なによりもまずアジア的なものであったのです。

市場社会への違和と非ヨーロッパ社会

日本の場合をいえば、人間万事金の世の中という考え方は西鶴の昔からございます。しかし江戸時代の日本人がそのように言うとき、それは慨嘆の言葉であって、そういう事態を是認するものではけっしてありませんでした。さらに明治以後、資本制システムが導入されたとき、日本庶民のこれに対する反応は一言でいって理解を絶する驚きでありました。庶民はブルジョワ社会の論理をもっぱら法律、とりわけ民法との接触から学んだわけですけれど、民法的な言語で構成されている世界は彼らにとって、まさに善人滅びて悪人栄える、だまし得だまされ損の神も仏もない世界であったわけです。戦前の右翼的な心情は、ことごとくこのような資本制に対する庶民の直感的反応から生じております。

そしてそのような反応は、今日なお死に絶えてはいないと言っていいのです。その好例としては水俣病裁判があります。あの裁判で患者がいちばん判らなかったのは、チッソの社長が患者に対しては申訳ないことをしましたと詫びているくせに、裁判では依然として争うと言っていることだったのです。いったい自分たちの親兄弟を殺したと認めて詫びていながら、どうして法廷で争うことができるのか、何を争うというのか、それがどうしたって判らないのです。ところがチッソが言っているのは簡単なことで、要するに「私どもは確かに水銀をたれ流してあなたがたの親御さんを殺しました。それは道徳的には悪いことでございました。しかし日本の法律によりますと、予見可能でないことについては罪にはならないんでございます。当時私どもは、私どもの工場が出した物質がみなさんに影響を与えるとは、予見できなかったのでございます。ですから法律の上から見ると、私どもはひとつも間違ったことは致しておりません。したがって、道徳的には申訳ないのでありますが、法律上は争わせていただきます」とまあ、こういうふうに言っているわけですね。

道徳と法律をこういうふうに分離する考えは近代人にとって常識であるけれども、水俣の漁民にとってはけっして常識ではなかった。それは彼らの常識からすると、むしろ異常な考えかたであった。私にはその喰い違いが手にとるようにわかって大変面白かったのですが、そのような法と道徳の分離は何から来ているかというと、この世を、分立する利害がルールに則ってあい争う社会と捉える考えかたから来ている。これがまさしく市場モデルにもとづく社会というものであって、そこでは法とはゲームのルールにすぎない。こういう法の捉えかたほど、日本の庶民にとって判りにくいものはなかったのです。つまりそれは一種奇想天外なチンプンカンプンに聞こえずにはいないのです。

しかしこれは庶民だけがそう感じるというのではなくて、そういう違和感は結構知識人だって心底にはあるんです。知識人はこれまでそういう違和感をおくれたアジア的感性として抑圧して来たんだけれど、最近ではヨーロッパ中心史観が世界的に揺らいでいるせいか、正直にそれを表白した著作も散見するようになりました。たとえば、佐藤欣子というアメリカの司法制度を研究に行った人が『取引の社会』(中公新書)という本を書いています。彼女はアメリカの刑事訴訟について、「木の葉が沈んで石が浮かぶような」「驚天動地」の制度だと言っています。要するに彼女によれば、アメリカの裁判は決闘の代用物なんです。当事者は勝つために、ナイフや銃で闘うかわりに法律的な武器で闘っているわけで、裁判で負けた奴は甲斐性がなかったわけです。たとえば裁判の勝敗は弁護士の能力に左右されますが、腕のいい弁護士を雇うのも甲斐性のうちで、金がなくて無能な弁護士しか雇えないのはてめえが悪いんです。ですから、誤判の犠牲者はある意味で戦死者みたいなものですし、落雷に当ったように運が悪かったのです。さらにアメリカの裁判には取引きがつきものです。検事と量刑について取引きをするのが常習化している。こういう実態に佐藤さんは文字通り驚愕しているわけですが、この驚愕はまさにアジア的なものであるといえましょう。

しかし、こういう市場社会的論理に対する反感はロシアにもあります。にもありますというより、その反発はロシア十九世紀思想の核心をなしているといってよろしいのです。ドストエフスキーは『作家の日記』のなかで、西欧市民社会の論理を「だれもかれも自分のため、ただただ自分のため、人間同志の交わりもすべて自分のため」と要約しました。これは「各人は自分のため、神は万人のため」というフランスの諺のもじりなのですが、こういう西欧市民社会への違和感をもっとも系統的に表明したのが例のスラヴ派です。

十九世紀ロシアにはご存知のように、西欧派とスラヴ派という思想的対立があったわけですが、わが国ではロシア文学者に左翼系統の人が多かったせいで、ベリンスキーやドブロリューボフ、ピーサレフといった西欧派、あるいは言い換えれば「革命的民主主義者」にだけ不当に高い評価が与えられ、一方スラヴ派に対しては、ロシアのタタール的後進性を表わすものであるかのような歪んだイメージが付着されて来たきらいがあります。そのため、キレエフスキーやホミャコーフなどのスラヴ派の重鎮の邦訳は皆無に近い状態です。したがって私などがスラヴ派についての知見を得るのは、わずかにポーランドの思想史家アンジェイ・ヴァリツキの著作などによってなのです。この人の著作の邦訳には『ロシア資本主義論争』（ミネルヴァ書房）『ロシア社会思想とスラヴ主義』（未来社）の二冊がありますが、いずれも大変すぐれたものです。

以下ヴァリツキの受け売りになりますが、たとえばキレエフスキーは、近代的な合理主義が社会の原子化をもたらすことを、十九世紀の前半の時点で指摘しているのですね。そのような合理主義を彼はローマ法の遺産とみているのですが、ローマ社会を「個人的利益によってのみ動機づけられている、合理的に思考する個人たちの集合」であり、「そこには真の共同社会は存在」せず、「有機的な社会的結びつきはほとんど完全に排除されていた」というふうに規定しているのは大変興味深いことといわねばなりません。むろんこれは、ローマ社会に名を借りた市場社会批判です。ヴァリツキは「スラヴ主義の思想家たちは、近代の工業文明――資本主義の文明――が、内面性の代りに、外側の異質な勢力として個人に感じられるような、制度化された社会的きずなをもたらしたと主張した」と書いています。この「外側の異質な勢力として感じられるような」という点にご注意ください。これこそポランニーが、社会との関係において市場経済についていわんとしたことなのです。

さきほど私はアジア的感性といいましたが、アジア的といういいかたはやはり不正確でありまして、このようなロシアの事例まで含めますならば、前近代的・前資本制的といったほうがより正確であろうと思います。とにかく、資本制的市場社会的なシステムを大変異常なものとみる感性は、近代、つまりヨーロッパ市民文明との接触反応として、全世界的な文脈で存在しているわけです。ところが十八世紀以後のヨーロッパ人には、自分たちこそ人類史の正統なのだという自信がありますから、こういう反応のほうがかえって異常でおくれたものにしか見えない。非ヨーロッパ地域のヨーロッパナイズされた知識人も、その点では同様であったわけです。ところが、市場社会を人類史のコースからの異常な逸脱とみる点で、ポランニーはアジア人あるいはロシア人と共通の感性的基盤に立っています。これはその当時の西欧人としては、きわめて珍しいこと、先駆的なことであったと考えられます。

今日ではこういう考えかたは、西欧知識人にとっても珍しいものではなくなりつつあるでしょう。たとえばドイツの歴史家オットー・ブルンナーによればヤン・ロメインという歴史家は、ヨーロッパ史を「一般的な人間の型」からの「偏倚」として叙述しているとのことです（ブルンナー『ヨーロッパ・その歴史と精神』岩波書店）。「一般的な人間の型」というのは「東方」とか「アジア」のことで、「偏倚」とは「ギリシア人の思想、ローマ人の法と国家組織、世俗的秩序から区別されたキリスト教会、みずから統治する中世の都市、とりわけ、ヨーロッパ近代のもろもろの生活形態」を指しています。ロメインは、そういうヨーロッパから発した諸傾向の地球全体への拡大により、「一般的な人間の型」が「人間存在の特殊な位相」に化し、西方の「偏倚」が陽画になったことによって陰画化されてしまったと言っているのだそうです。ロメインの「偏倚」という考えかたは、ポランニーの「逸脱」という考えかたによく似ております。ですから今日ヨーロッパでは、ポランニー的な人類史把握が受け容れられる素地はすでに整っているわけですが、一九四〇年代前半という時点についていえば、ポランニーの発想は非常に先駆的だったといってよろしいと思います。

私がポランニーの体系について関心を唆られるのは、まず最初は以上述べたような点です。つまり私は最初の著作である『小さきものの死』(葦書房、一九七五年)以来、資本制的近代に対する違和の人類史的基盤ということを問題にして来たわけで、そういう点でポランニーに対して我が意を得たりという感じがするのです。しかしそれだけのことならば、ポランニーはたいしたことはありません。ただ思想史的現象として、西欧にも彼のような考えかたが出てきたということが興味を唆るだけにすぎません。ポランニーの体系のすごさは、市場社会の展開が人類史の逸脱だと主張したことにあるのではなく、なぜそういえるのかという根拠を、資本制以前の経済のありかたを総体的に解明することによって示した点にあります。その解明を通じて、彼の問題意識は経済人類学という学問に結実したのです。

市場システムと社会防衛運動

私の今日の話の趣旨は、この彼の学問的体系を理論的に検討することにあるのですが、話が廻りくどくて申訳ありませんけれど、その本題に到達する前に、もう少し「逸脱としての市場社会」という彼のアイデアについて論じさせてください。「逸脱としての市場社会」というアイデアを確立することによってポランニーは、いわゆる反動的・右翼的な政治現象について、当時の左翼あるいはデモクラットがくだしえないような解釈をうちたてることができました。これは私の年来の関心からして、やはり見過せない点であります。

自己調整的市場システムというのは、土地・労働という人間存在の自然的与件あるいは人間存在自体を商品化して、市場メカニズムのなかに投ずるわけですから、その作動に何のチェックも加えないならば、人間の共同社会を破滅させてしまいかねません。ですから、これに対して何らかの対抗運動が発生するのは当然であります。その対抗運動をポランニーは社会防衛運動と呼びます。彼が社会防衛運動の最初の例としてあげるのは、テューダー朝、初期ステュアート朝における農民保護立法です。この立法は「囲いこみ」運動を停止させることはできませんでしたが、変化のスピードをおくらせることで、農民がそれに適応することを可能ならしめたと彼は評価します。彼によると、その後の自由主義イデオローグは、この王権による温情主義的行政の社会防衛的意義をまったく理解できなかったのです。

彼が次にあげるのは一七九五年のスピーナムランド法です。これは一定の家計所得に達するまで労働者に扶助を与えるもので、一種の最低所得保障法の役割を果すものです。この結果、産業革命期における労働市場の創設はいちじるしく妨げられました。つまりこれは伝統的な農村の解体を防衛しようという地主たちの運動であったわけですが、同時に進歩をおくらせることで適応の時間を労働者に与えるものでした。スピーナムランド法については、ポランニーはそのマイナス面についてかなり立ち入った評価を下していますが、社会防衛運動としての意味を認めていることには変りはありません。

労働市場を創出するためには、労働組織を有機的な生活形態から原子論的個人よりなる状態におきかえねばならない。そのためには契約の自由が最も有効であって、その契約の自由を阻むような血縁・隣人・同業者仲間・信仰といった非契約的な組織を解体することが必要だった。しかし、市場化された労働力としての個人というのは、人間としての特性からいえば一種の怪物である。人間はそういう原子論的怪物たることにたえられないから、当然社会防衛運動が発動する。その防衛運動の結果、労働力という商品の人間的特性を保全するという条件でのみ、労働市場は機能することを許された。ポランニーはこのように論じるのです。

土地の商品化に関しても同様です。土地流動化の悲惨な作用に歯どめをかけたのは、地主階級の保護主義である、十九世紀を通じてとくに大陸で地主階級が政治的影響力をもち続けたのは、そのためだと彼はいうのです。たとえばドイツなどでの地主貴族階級の政治的なウェイトについて、マルクス主義は従来、ブルジョワ革命の流産の結果としてのドイツ社会の反動性ないし後進性というふうに説明して来たわけですね。ポランニーの捉えかたはこの点がまったく異なっておりまして、自己調整的市場システムの自己貫徹に対する社会防衛運動の必要が、地主階級に政治的存在理由を提供したとみるわけです。土地貴族階級の目標が過去の回復という「反動的」なものであったことは彼も認めておりますが、自己調整的市場システムのもたらす危機が本物だったからこそ、過去の回復という政治的策略の余地がありえた。一八七〇年代以降、地主と労働者の同盟という奇妙な事態が生じた理由も、またそこにあるというわけです。

こういうポランニーの視点からすれば、ファシズムは当然、市場システムに対する対抗運動の一種ということになります。すなわち彼によれば、ファシズムは伝統的・国家主義的な反革命ではなくて、民主主義的諸制度を廃して市場システムを改革しようとする試みなのです。この後者の点については社会主義とファシズムを区別する分離線は存在しないので、両者の分離線は本来経済的なものではなく道徳的かつ宗教的なもの、つまり自由な人格を認めるか否かにあるというのです。このポランニーのファシズム論も、それが提出された時期を考えると、おどろくべき先駆性をもっているといってよろしいでしょう。

「社会防衛運動」というポランニーのアイデアには強烈な喚起力があります。従来の階級闘争史観によるとそれは反動的なものにすぎないということになりますけれども、資本制的市場システムを「逸脱」とみなすことによって、ポランニーはその「反動」に人類史的根拠をみいだすことに成功しているわけですね。階級闘争的視角については、彼は相当なページをさいて論じておりますが、それは要するに、階級的利害というのは確かに存在するが、社会の全体的状況は気候変化とか新兵器・新機械の出現などの階級外的な要因によってつくりだされるのであって、階級的利害は社会変化の媒介者たるにすぎない。つまり挑戦は全体としての社会に対して行われ、反応は集団・階級を通じて現われる。したがって、階級的利害は長期的動向については限られた説明しか提供できないというのです。これは階級闘争史観に対するそうとう正しい批判だというふうに私は考えます。さらに、社会防衛運動は特定の階級によってではなく、あらゆる種類の地域的社会的集団によって担われて来たという指摘も、同様にそうとう正しいんじゃないかと思うのです。

私は西郷隆盛・岡倉天心・宮崎滔天・北一輝・二・二六事件の青年将校・権藤成卿などの右翼的思想系譜を、日本的な共同主義の底流としてこれまでの著作で分析してきたわけですけれど、その際つねに、こういう共同社会的な希求が西欧市民社会の挑戦に対するアジア的な応答の一環であることに注意してきたつもりです。さらにその応答がたとえ理論的に誤っている場合でも、けっしてその性格はパティキュラーなものではなくて人類史的根拠に立っているということを力説してきたつもりです。ポランニーの社会防衛運動という意味づけかたも、結局、共同社会的欲求が人類史上の正統であるということをいわんとするものでありましょう。ポランニーのタームを採用するならば、私が日本的共同主義の系譜として抽出したものは、いずれも社会防衛運動の日本的変種ということになります。つまり、きわめて特殊日本的な発想で、世界の知の場において普遍性を認められがたいと考えられていた日本のいわゆる右翼的思想系列が、じつは同時代的に世界各所、ことにヨーロッパの思想現象とつながり、しかも等価性をもっている、いやそればかりか、そういうものとして普遍的合理性をもっているということになるのです。これはポランニーが与えてくれる重要な思想的展望であろうと思われます。

さて、にもかかわらず、人類史の正常は共同社会であって近代資本制の市場社会は一時的逸脱だというポランニーのテーゼには、重大な難点があります。このことはあとで改めて問題にいたしますが、ひと言でいいますなら彼は、共同社会を希求する潮流の人類史的根拠は明らかにしましたが、その潮流が近代においてかならず敗北せざるをえないことの根拠は問うていないのです。この点ではむしろ彼は異常に楽天的でありまして、市場社会の「最悪の時期はすでに過ぎ去って」おり「われわれは諸国家の内部に、経済システムが社会を支配することをやめ、社会のほうが経済システムに対して優位にたつことを保証するような一つの発展を目撃している」とさえいっています。このような楽観は今日ではむろん、一場の幻夢と化しております。

自由主義経済は歴史の必然的発展ではない

さてポランニーの肝心の理論体系へはいってゆこうと思いますが、これは要するに、近代以前の社会における経済の位置を人類史的に総括しようとする業績といってよろしいのです。そうする上で彼が依拠したのが、第一次大戦後の文化人類学の進展です。それまで人類学者はフレイザーがその好例でありますように、自分は書斎の肘かけ椅子に座って、世界中の旅行者とか宣教師などがもたらす情報を整理・綜合し、理論化するというのが普通だったのです。だから「アームチェア・アンソロポロジスト」なんて呼称も生まれました。ところが第一次大戦後になりますと、マリノフスキーとかラドクリフ＝ブラウンなどが、フィールド調査に基づく研究を発表し始めて、人類学の面目は一新されるに至りました。ポランニーはそういった新段階の人類学の成果、とくにマリノフスキーとトゥルンヴァルトの業績に触発されて、「経済人類学」と呼ばれるようになる新しい体系を創り出したのです。

彼が人類学から得た最も重要な知見は、市場社会以前の経済とそれ以後の経済は、おなじく経済と呼ばれているけれども、まったく異質なものだということです。人類の発展を経済面から見てゆくと、自給自足的な家（オイコス）経済から都市経済へ、さらに一国経済から世界経済へと展開していくのだという、いわゆる発展段階説という考え方があります。マルクス主義もその洗練された一種ですけれども、それによると、交易・貨幣・市場といった経済の基本的なパターンは、人類史の最初の段階から存在していることになる。ただしそれは萌芽の状態であって、それが段々発展して来て今日のような貨幣による全面的交換、つまり市場制度が出現したと考えるわけです。

ポランニーはそういう従来の常識を根本から覆そうとしました。なるほど、交易・貨幣・市場といった要素は原始社会やアルカイックな社会にも存在する（アルカイックな社会というのは古代国家のことです）。だから、「経済」は人類史の始まりから存在したように見える。だが、近代以前の「経済」と近代以後の「経済」は、到底同日に論じられぬほど異なったものだとポランニーはいうのです。

これは経済学という学問のことを考えてみても明白である。今日「経済学」と呼ばれている学問はケネーとかアダム・スミス以後に成立したものであって、それ以前の「経済学」、たとえばアリストテレスのエーコノミークというのは、今日の「経済学」とまったく異なるものです。エーコノミークとは家政学のことなのです。古代から中世にかけて、いわゆる経済の単位はオイコスと呼ばれる大家族でありました。この大家族は今日のファミリーとはまったく異質なもので、今でいうと会社みたいなもの、というと語弊がありましょうが、要するに一個の経営体だったのです。それを統率するのが家父長で、エーコノミークとは、その家父長が家を統率する技術・心得についての学だったのです。オットー・ブルンナーの『「全き家」と旧ヨーロッパの「家政学」』という論文によると、「オイコスの学としての家政学《エーコノミーク》は、家における人間関係と人間活動の総体、すなわち夫と妻、親と子、家長と僕婢の関係、および、家政と農業において必要とされるもろもろの任務の達成を含むもの」であり、祈祷書と料理書を含むような、一種の生活にかかわる百科事典であったのです。

この家政学《エーコノミーク》に対立するものとして「貨殖論」がありました。これは商業の学でありますが、商業は家の自給自足を補う限りにおいて必要とされ、貨幣の獲得自体をめざすようになると非難されるので、結局内容貧弱なものにとどまらざるをえなかったのです。スミス以来の国民経済学は家政学《エーコノミーク》とは何の関係もなく、この貨殖論の系譜を引くもので、本質的に商業についての学問なのです。

ブルンナーのいう「全き家」とは、家父長の統治のもとに、血縁家族以外の成員を含みつつ農業経営を行う大家族でありますが、この社会構成単位はひとつの独立国のようなものでありまして、阿部謹也さんが『中世を旅する人びと』で述べているように、家の庇から落ちる雨だれの線内が家父長の支配領域であり、無断で立ち入れば殺されることもありうる。同時に、そこに逃げこめば領主権力も手出しができない。つまり、一個の自由圏《フライウング》でありアジールであったわけで、従って当時の法とは、「全き家」の間を律する一種の国際法であったのです。

このように、エーコノミークなるものが「全き家」の家政学であり、商業に関する貨殖論は一定の範囲内に封じ込められていた状況こそ、ポランニーのいう、経済が社会に embed されている、つまり埋めこまれている状態の反映にほかなりません。経済はまだ他の様ざまな人間行為、つまり宗教や戦争や遊戯や文化と切り離されてはおりません。経済は社会によって囲いこまれているのです。経済が商業として、つまり交易・貨幣・市場といった一定のパターンに従う行為として、社会の統制から離脱してひとり歩きをするようになって初めて、その独走を記述する国民経済学が生まれたのです。

経済行為が他の諸々の人間行為の中に埋めこまれている例として、カテドラルを建てる場合を考えてみましょう。教会堂を建てるには、石材なら石材という物貨が要ります。また労働力が要ります。これは近代的解釈では一個の経済行為でありますが、もちろん中世においては、これは単なる経済行為ではなく第一義的に信仰に関わる行為であります。だからそこでは費用対収益であるとか、物貨や労働力の最適な調達であるとか、今日の経済学の概念が働く余地がまったくありません。

ポランニーは、今日ならば経済に属するものとして記述されるであろうような行為が、未開社会においては他の人間行為と渾然と結びついていることを説明するために、トロブリアンド島のクラ貿易を例に挙げています。このクラ貿易はマリノフスキーの『西太平洋のアルゴノート』の中に詳しく述べられていて、ポランニーはむろんそれに依拠しているのです。トロブリアンドは多くの島々から成り立っていますが、その島々を時計廻りの方向にソウラヴァという財宝が廻ってゆく。また逆方向にムワリという財宝が廻ってゆくのです。ソウラヴァとは赤色の貝の首飾りで、ムワリというのは白い貝の腕輪です。この循環はソウラヴァとムワリを交換することで実現するのです。この交換はカヌーによる航海によって行われます。北にある島から南の島に船を出し、ソウラヴァをもって行ってムワリと交換する。したがって、ソウラヴァは時計廻りに、ムワリは逆廻りに循環するわけです。

このいわゆる「交易」において注目すべきことは、二種の「宝物」にまったく実用的価値がないということです。それらは装飾品としても実用的でないし、実際には使用されない。古代あるいは未開民族の宝物には、どこが貴重なのか理解に苦しむようなしろものが多いのですが、ソウラヴァやムワリもおなじことで、物によっては伝統的な栄光が付与されているといったふうに、経済的価値ではなく儀礼的な価値を表わしているのです。

さらに、交換が同時的でなく等価でもないことが注目されます。ソウラヴァを受けとって、一年後二年後になってムワリが返されるといったことも起ります。ただし、自分のところに伝説的なソウラヴァ、あるいはムワリが転がりこんだからといって、それに執着していつまでも手許に置いておくと、貪欲だといって非難されます。また、交換において値踏みをしたり値切ったりすることも行われません。つまり等価交換ではないのです。実はクラにはギムワリという、これはわれわれのバーター取引きに近い諸物資の交換が行われていて、この方は値切りも行ってよろしいのです。だがクラ貿易において値切ったりしようものなら、あいつはクラをギムワリのように行うと非難されます。

さらに注目されるのは、クラ貿易はきまった相手と行われるということです。それをクラ仲間というのですが、だとするとこの貿易は、実用的にもまた宝物的にも何の価値もないものを交換しているように見えるけれども、実は信頼と友情を交換していることになります。クラはカヌーの航海によって行われます。ですから、まずカヌーの建造から始まる。このカヌーの建造というのは、祭祀を伴う宗教的行事でもある。また航海はロマンスにみちた冒険である。といったわけで、クラ貿易には様ざまな人間行為が複合されており、交換すなわちアダム・スミス的な意味での経済人、ホモ・エコノミカスの行為と単純化するわけには到底参らないのです。

以上のようなわけで、クラ貿易は国民経済学が想定するような、何か自分の持っているものを相手の持ちものと交換して利得を得たいという、経済人の本能的行為とはまったく違うものだといえます。では何であるかというと、それは互酬、つまりギヴ・アンド・テイクの一形態でありまして、この互酬ということこそ、近代的市場経済出現以前の、「経済」の主要形態のひとつであったのです。この互酬を成り立たせている動機は利得ではありません。原始社会やアルカイックな社会で人びとの行為の動機となるのは、他者から正当に認知されたい、尊重されたいという動機、つまり名誉欲なのです。それを得られないということは共同体のなかでそれなりの地位を保てないということでありますから、クラ貿易においても何よりも顧慮すべきなのは自分の名誉を傷つけないことです。

ポランニーは未開社会や古代社会、さらに中世社会に至るまで、人びとが生きてゆく上で必要な物貨を得るのは、市場による交換ではなく、互酬・再分配・家政の三原理によってであるといいます。再分配というのは、首長に貢献された食料が、祭祀などの機会を通して成員に分配されることで、ポランニーは封建制（領主制）もこの範疇に入れています。エジプト古代におけるピラミッドの建造も、大量の労働者を徴募して給与を与えるのですから、これも再分配の一方式です。家政については先に申し上げましたが、ポランニーは『人間の経済』ではこの家政を再分配の一形態として原理からはずしておりますから、結局、互酬と再分配が近代市場経済以前の「経済」を綜合した原理ということになります。ただしこのふたつは、単に経済システムではなくて統治システム、つまり政治でもあるということが重要です。

さて、市場はどうなるのでしょうか。ポランニーは市場は古代社会から存在していたことを認めております。でありますが、その場合、市場は遠隔地取引きと局地的市場にはっきりわかれており、両者は隔離されていて、前者が後者に影響を及ぼすことはない。遠隔地取引きはもともと、資源を一方的に略取する海賊的行為がやがて取引きに進んだもので、単なる経済行為ではなく、狩猟・冒険・海賊・戦争の性質をもつ行為であり、しかも取引きは互恵性の原理で行われます。遠隔地取引きは商人が行うのですけれど、その商人は取引きから直接利益を得るわけではない。王様の命令で出かけて行って、物資を持ち帰ると王から恩賞が出るという形なのです。また取引きが行われるのは特定の貿易港に限られていて、その港は掘割や城郭で外部とは隔離されています。つまりこれは完全に国家によって管理された貿易なのです。

こういった管理された貿易港は、江戸時代の長崎の出島を例にとれば具体的にイメージできるでしょう。また遠隔地取引きにおいて市場価格が成立しないのも、遣唐使から勘合符貿易に至る歴史を考えてみるとよくわかる。これはいわゆる冊封システム、朝貢貿易と呼ばれるものですが、朝貢する側が持参する物資は商品じゃなくて貢物ですし、回賜といって中華帝国が朝貢使に賜わる物資も商品じゃなくて恩賜なのです。ですから両者間に等価交換の関係が成り立つはずはなく、回賜品の価値は朝貢品のそれを常に上廻るものであったのです。

近代以前には、遠隔地取引きつまり外国市場のほかに、局地的市場の存在が認められます。しかしこの局地的市場はごくささやかなものでありまして、そこから市場価格が発生してくるわけではない。そこを通して資源や労働の配分が行われるわけでもない。局地的市場においては、主婦や農民や職人が自分の生産した物貨を持参して、欲する物貨と交換するのですが、このような市も王権によってきびしく制限されて拡大を阻止されています。このような市で競争的な全国価格が成立するはずもなく、王によって公示された価格に従う場合が多かったというのです。

近代の経済観念で不用意に歴史を観察しますと、市場は古代のバビロニア帝国においてすでに存在していたようにみえます。だが、バビロニアの「市場」における価格は全部王が定めた公定価格なのです。王が家臣に毎月羊十匹を給与するとします。しかし、羊が払底したときは小麦に替えなければならない。だとすると羊と小麦の交換比率を定める必要があります。この交換比率が市場価格のように見えるわけですが、実はこの価格は全部王が決めている。つまりこれは再分配システムを実施する便法であって、市場によって形成された価格とは全く性格が異なるのです。

さて、このような議論を通じてポランニーが結局いいたいのは、局地的市場が段々拡大して行って相互に結びつき、全国市場が生まれる、全国市場が形成されることによって競争価格が実現するという、今日の経済学の仮定が全く誤っているということです。全国市場が出現したのは、決して局地的市場の自然な発展によるものではなかったというのです。外国貿易にしろ局地的市場にしろ、そこから自己調整的な市場が発達してゆくことを王権が非常にきびしくチェックしていたのです。なぜかというと、その発達は社会の根底を破壊するような擾乱要因となると王権が知っていたからです。そうではなくて、全国市場は重商主義によって人為的に形成されたものだというのが、ポランニーの重要な論点であります。

しかし、重商主義の担い手である絶対王政国家は、全国市場から自己調整的な市場が生み出される動向にはチェックをかけていた、というのがポランニーの考えです。具体的には、土地と人間が市場で取引きされる商品に転化することに、きびしい制限をかけていたというのです。このようなチェックを解除して自己調整的市場を実現したのは、十八世紀末から十九世紀にかけて権力を握ったブルジョワジーの政策要求であり、その政策とはいうまでもなく自由貿易主義であります。すなわち自己調整的市場は自由主義国家の干渉による人為的産物だというのです。

ポランニーが近代市場主義社会を「芋虫の変態」になぞらえたことは先に申しあげました。それは人類史の歩みから自然に出現したのではなく、非常に人為的な営みによって出現せしめられた変則的な事態だというのが、終始一貫したポランニーの主張であります。彼がそう主張するのは、交換・貨幣・市場というものは古代以来存在したけれども、今日の自己調整的市場社会における交換・貨幣・市場は、古代以来中世に至るまで存在したそれぞれとは、全く関係のない異質な性格をもっていて、前者が後者に自然に展開したとはとてもいえないという、彼の観察に基づいていると思われます。だが、問題はそこにあります。

経済システムを統制すれば解決するのか？

いったい何が自然な展開であり、何が人為的な変異なのでしょうか。このように自然と人為を分ける根拠が人類史の展開のうちに存在するのでしょうか。ポランニーは市場の展開が王権によって抑制されていた事実を示しますが、その抑制は人為的ではないのでしょうか。ポランニーは歴史の必然性を主張する立場には立っておりません。逆に、今日の交換・貨幣・市場というパターンは、古代のパターンの必然的な発展ではないと主張しているわけです。にもかかわらず、自然な展開と人為的な干渉を区別するということは、人類史には自然な展開の理路が備わっていると仮定することを意味します。自己調整的市場は歴史の必然的帰結ではないと主張するとき、ポランニーはそれを変則的突然変異的と規定することによって、裏口から変則ならざる正則的展開を密輸入しているのではないでしょうか。正則的とは本当はかくあるべきだったということで、かくあるべきとは必然の仮定に導かれないでしょうか。

あるいは、彼の立場は価値論的なものかもしれません。かくあるべき展開がねじまげられた、これまでの歩みからは出現するはずのないものが出現せしめられたというのは、ポランニーの人間社会の展開はこういう理路に添うべきだという倫理感覚、つまりは価値観の表われなのかもしれません。それはともかくとして、近代市場社会をそれまでの人類史の歩みを歪曲する変異とするポランニーの捉えかたは、議論の余地が多くあるように思われます。

しかし一九三〇年代から四〇年代初めの人類の経験、世界大恐慌、ナチズムの出現、一方では社会主義ソヴィエトの発展、さらには世界大戦という経験からして、自己調整的市場を人間存在と社会の基礎を掘り崩す、大変危険なシステムとみなした点で、ポランニーは今日からみても正しかったのです。彼がいうように、人間と土地を商品化するというのは悪魔的所業です。なぜなら、人間とは単なる労働力という市場的生産の一要素ではないし、土地も人間が生きる根拠そのものである以上、市場的生産の一要素にとどまるものではないからです。このふたつを市場的生産の一要素として商品化することが、人間社会をいかに根底から破壊するかという点についての彼の陳述は、迫力に富み、心からうなずかされます。だとすると、自然的変化か人為的変化かという彼の分析視角は、人間についての譲ることのできない価値観の表現だと読めます。つまり彼は、人間は有史以来ずっと分別を保って来て、自分と自分たちの社会を自己調整的市場という「悪魔の挽き臼」に投じるような無分別はやらなかったのだが、分別を失った近代人はとうとうそういうリスクを犯したといっているだけなのでしょう。これはこれで、一個の価値観にもとづく近代批判になりえています。

しかし、人間の欲望、単に物質的な欲望のみならず情念的知的な欲望というものは、近代市場社会を生み出す方向を内在させていたのではないでしょうか。その出現が絶対王政や自由主義国家の人為的干渉によるとしても、その介入自体、人類史の趨勢のおもむくところという解釈もまた可能です。近代市場社会は人類にかつてない富をもたらしました。物貨的な富を敵視する必要はありません。むろんそれから精神的に解放されるべきだと説く教義は昔から存在しており、それはそれなりに根拠を持った考えかたでありますけれど、また物貨的な富裕度だけを充足の基準と考える必要はまったくありませんけれども、富を適切に享受する能力も、人間の潜在可能性を構成するポジティヴな要素です。

また、人間が土地から切り離されて労働力商品となるという点についても、もしも自分の労働を切り売りすることによって、自由な境涯が得られるとすれば、一概に不吉なことと考える必要はありません。もちろん、現実には労働を売る者と、労働を生産要素として購入する者との間に、極端な力の差があって、労働を売って生きる者は不利、場合によっては悲惨を強いられるということはあります。しかし、労働を売って生きるというありかたには、十分なメリットが伴っているのだから、労働者と経営者間の不平等は、一定のルールを導入して解決すればよろしいという考えかたも成り立ちます。

問題は自己調整的市場が利潤という唯一の動機によって導かれており、それ故に野放しにすれば、企業自体も破壊しかねない自己破壊性を秘めたシステムだということです。だから、現実に運用するためには様ざまなルールが導入されているのだとポランニーはいうのです。だとすれば、レッセフェール、自由放任にさえ陥らぬならば、問題はないじゃないかということになりかねません。事実、ポランニーは『大転換』で、アメリカのニューディール、ソ連の五カ年計画、ナチスの社会政策など、世界の趨勢は自己調整的市場に対して様ざまな規制をかける方向に向かいつつあるといっています。つまり見通しは楽観的なのです。人間はついに自己調整的市場に手綱をつけることに成功したのです。

だから、ポランニーによると、最悪の時期はもう過ぎ去ったのです。「われわれは、諸国家の内部に、経済システムが社会を支配することをやめ、社会のほうが経済システムに対して優位にたつことを保証するような一つの発展を目撃している」と彼はいいます。『大転換』は一九四四年に刊行されたのですが、このような見解はおそくとも一九四〇年頃には確立していたものと思われます。このような「発展」の結果、「市場システムは労働・土地・貨幣を包含しなくなるであろう」というのですが、まず労働については、賃金契約が個人の契約ではなくなり、労働組合や国家が管理すべき事項になりますし、土地は様ざまな制度（協同組合・学校・教会・公園等）と結びつくことによって市場から離脱することになりますし、「貨幣の統制権を市場から取り除くことは、今日ではすべての国で達成されつつある」のです。

だとすれば、問題はないではありませんか。市場は「自己調整的」という危険な牙を抜かれて、社会の統制に服するようになったのです。ポランニーは、ケインズ的総需要管理にも、ソ連社会主義にも、ナチス体制にも、自己調整的市場という反人間的システムからの離脱の志向を読みとるのです。もちろん彼は、自由という価値を擁護する点で、ソ連社会主義やナチズムに対して一定の留保を示しています。これは何といっても重要な論点です。しかしいずれにせよ、世界は暴走する市場にしっかり歯止めをかけることに成功したのです。だとすれば、彼は何のためにこの本を書いたのでしょうか。いわば彼は、すでに乗り越えられた、もしくは乗り越えられつつある人類の失敗について語っているのです。こういう失敗を二度と繰り返してほしくないというのはひとつの著述動機ではありえますが、それほど切実な切迫した動機ではありえないでしょう。私はそこにこの大著の謎を感じるのです。

動機はともかく、また危機は過ぎ去って問題はほぼ解決に向かっているという現状認識はともかくとして、この本の最大の功績はふたつあると思います。ひとつは、近代以前の人類社会では経済は社会に埋めこまれていた、いい換えれば市場は様ざまなチェックがかけられて自立的な運動を禁じられていたということの認識です。『大転換』以後のポランニーは、未開社会やアルカイックな社会において、「経済」はどのような形で社会に埋めこまれていたかという実証的な研究を深めてゆきました。今日私たちが彼から受けとるべき知的遺産は、この厖大で包括的な研究の成果なのです。この領域での彼の成果は、完全な形ではまとめられていませんが、今日残っている形だけでもおそろしく刺戟的です。

もうひとつ、これは『大転換』のテーマそのものですが、ロシア革命、ファシズム・ナチスの勃興、大恐慌、ふたつの世界大戦といった二十世紀の現象は、すべて自己調整的市場の結果、あるいはそれに対するリアクションだという彼の認識です。この認識は地主・農民・労働者・知識人を含む広汎で多様な社会防衛運動というアイデアを生み出しました。これは十九世紀から二十世紀にかけて起った様ざまな社会運動を理解する上でのキーワードだと私は思います。ポランニーはソ連社会主義とナチズムにはかなり甘い認識を持っていたようですが、その点は措くとして、市場の暴走に対する社会防衛運動というのは、近代史を理解する上でかなり有効な概念装置だと思います。

ポランニーのセーフティーネット論

この一九四四年に刊行された本の欠点をあげつらっても切りがありませんが、最も重要な欠点はふたつあると思います。第一に「十九世紀社会の本来的弱点は、それが産業社会であったということではなく、市場社会であったということだ」という彼の認識です。「産業社会」という概念はやや不明確ですが、それをどう理解するにせよ、この両者をそんなふうに切り離すならば、物事の本質は混乱してしまうでしょう。第二点は、第一点にも関わることですが、市場に様々な規制をかければ、経済に対する社会の優位が回復できるという彼の認識です。経済というのはそんなにチョロイものでしょうか。ポランニー風にいえば、市場の自己調整運動に様ざまな規制がほどこされた、いわば「大きな政府」の戦後三十年間、世界は好景気にひたりながらますます産業主義的開発をエスカレートして行きました。ケインズ主義全盛のこの三十年間、ポランニー風にいえば社会の復権が成就されたはずの三十年間、産業主義的経済成長路線は人間から主体性を奪い環境を破壊し続けたのです。ポランニーは自己調整的市場の環境破壊作用にいち早く気づいた人だっただけに、産業社会に対する彼の認識はまことに残念です。

しかし、ポランニーの文章の端々を注意深く読むと、彼は市場に様ざまな規制をかけるだけで課題は達成されるという、今日のわれわれからすれば異様にも感じられる楽観に終始していたわけではないようなのです。彼は「産業文明を新たな非市場的基礎の上に移行させる」試みについて述べているのです。もちろん彼はそのような文明においても市場は必要だし存在すると述べています。しかし、その場合の「市場」は相当に社会から囲いこまれた市場であるはずですし、単にケインズ主義的であれ社会主義的であれ、あるいは開発独裁的であれ、国家が大幅に市場に介入するといった程度のものではありえないはずです。非市場的基礎に立つ文明というのは相当ラジカルなコンセプトです。ポランニーにはこういうイメージもあったのです。ただし、彼はその点についてはまったく追究しておりません。

もうひとつ彼の不十分な点を挙げるなら、社会防衛運動の積極的意義は充分に説いておりますが、それがネガティヴな結果も生み易いことにあまり注意しておりません。それはソ連社会主義とナチズムの実態をよく知らないでものを言っている結果かもしれません。私はこのお話に「共同主義の人類史的根拠」というタイトルをつけたのですが、これはもう先に申しましたように、日本近代における反体制的な社会運動あるいは思想動向は、左右を問わず、ポランニーのいう自己調整型市場の暴走に対する人間と社会の防御というモチーフに促されていたと考えるからです。これは資本制に対する伝統的な共同主義的心情の反乱といってよろしいのですが、新たに導入された資本制諸システムが法システムも含めて、日本民衆にいかに異様なものにみえたか、それに適応するためにどれほど苦労せねばならなかったかということを考えれば、ポランニーは日本近代のいろいろな抗争《コンフリクト》を理解する上で大いに参考になります。

われわれは社会主義なるものにもはや幻想を抱くことはできないし、現実の社会主義社会が、いかに欠点と問題を抱えていようとも資本制社会に太刀打ちできぬことは自明といってよろしいのです。しかし、資本制すなわち現代産業社会のありかた、行く末を考えておりますと、これまた永続すべきシステムとは到底考えられません。何よりも個人が個人でありつつ共同の絆でつながれるような社会を、単に夢見るだけでなく実際に予感し構想してみなければなりません。その時、ポランニーは私たちに少なからず寄与してくれるのではありますまいか。

しかし、今日、ポランニーの声は日に日に遠くなっております。七〇年代に入ってケインズ的な経済に対する国家介入が有効に作用しなくなり、サッチャリズムが示しているように、国家的介入は最小にして、あとは市場に任せなさいというフリードマン的主張が声高に叫ばれる今日です。何だかサイクルはひと廻りしたようです。最初にポランニーはいまはやりの思想家といいましたが、このところの世界の動向からすれば、ポランニーはいわば死せる犬みたいになってゆく恐れもあります。これは社会主義体制の魅力失墜の反動という面があって、社会主義、というよりいわゆる共産圏の実態がひろく知られて、それに対する幻想が消滅したことは大いによろこぶべきことですが、にもかかわらず自由市場万歳といったことになるほど、今日の世界の抱えている困難は簡単なものではありません。自由市場に基づく経済成長主義は何事も解決しはしないのです。いや、それこそが困難の根源なのです。今どきポランニーを古代経済の研究者としてならともかく、自由放任市場の批判者としてとりあげるのは時代おくれだといいたい人もいらっしゃるでしょうが、私はそうは思いません。ポランニーの声は今でも私たちの耳に聞こえていると思います。

補説

今日（二〇一〇年）の見地からすれば、ポランニーにはなおふたつの注目すべき論点が見出される。第一に、たとえば金子勝・児玉龍彦著『逆システム学』（岩波新書、二〇〇四年）に、「本来、市場化になじまない財やサービスに私的所有権を持ち込んだことによって、市場経済を社会全体に広げることができるのであるが、それゆえにこそ市場はセーフティーネットを必要不可欠とするのである。……セーフティーネットがないと、調節制御系がこわれて市場経済は機能が麻痺してしまうのだ」とあるが、これこそポランニーの論じたことである。ポランニーは今日はやりのセイフティネット論を六十年も先取りしていたのだ。

第二に、古代における貨幣・交換・市場が、今日のそれらとはまったく違う概念だというポランニーの論点は、トマス・クーンが『科学革命の構造』で主張したパラダイム転換のコンセプトを先取りしている。ポランニーは古代の市場が進化して現代の市場になったのではないと主張し、両者の異質性を強調したが、これはクーンが古代科学以来知識が累積されて近代科学になったのではなく、両者は異なったパラダイムに属すると主張したのと、まったくおなじ考えかたに立っている。つまり、ポランニーはパラダイム転換の考えかたをクーンよりずっと早く開拓していたのである。

二〇一〇年十月記

あとがき

この本の成り立ちは晶文社の足立恵美さんから、スタジオジブリの雑誌『熱風』にのった「渡辺京二ロングインタビュー・近代のめぐみ」を本にしたいと申し出があったのにもとづく。足立さんは亜紀書房におられた頃『女子学生、渡辺京二に会いに行く』、晶文社に復帰されてから『気になる人』と二冊私の本を造って下さったかただから、このお申し出はありがたく真剣にお受けした。

『熱風』のインタビューだけでは一冊の本にするには足りず、他に受けたインタビューもなかったわけではないけれども、到底本に収めるほどのものでもなく、わずかに『文藝春秋スペシャル』にのったものしか採るものはなかった。だた、一昨年私は『西日本新聞』と『エコノミスト』（毎日新聞出版）に時論と書評の連載をしていて、文章の底流として、前記ふたつのインタビューと通じるものがあり、これを追加すれば一冊の体裁が調うかと考え、足立さんに相談したところ、こういう形の本にして下さったのである。

『西日本新聞』と『エコノミスト』の連載はもっと続くはずのものだったが、途中でいや気がさして降りた。もともと引受けたのがいわゆる助兵衛根性で、こういう仕事はもうしてはならぬのである。インタビューも慎しまねばと思っている。ジャーナリスティックな仕事はもう沢山だ。死がほんの近くに見えている身としては、もっと自分に忠実な仕事だけをしたい。本にするに当って、インタビューでは意を尽せなかったところを補うために「さらば、政治よ」を書きおろした。本当は「さらば、政治よ国家よ」としたかったところだ。叩かれることには免疫ができているが、さぞかしまたやかましいことだろう。私としては最低言っておかねばならぬことを言っただけだが、この手の発言もこれでもう打ち止めにしたい。

ポランニーについての一文は時期的にずっと古いものだが、この本の論旨には真っすぐにつながっていると思う。私は「編集者は要らない」というあくたれ口をかつて利いたことがあるが、足立さんなかりせば、こんな本も出なかったのである。よき編集者の善意と知恵、ただ感謝あるのみ。

二〇一六年四月

著者識

あとがき追記

この本の企画が進行し、初校ゲラも出ようかという四月十四日九時二十六分、私はM6・5という、生れてこのかた経験したことのない激震に出会い、十六日一時二十五分には、それを遥かに上廻るM7・3の「本震」に襲われた。幸い家の倒壊は免れ、小生も家人も無事であったが、家具の一部、書棚はほとんど全部倒れて大量の書物が散乱、一時は横になる空間もない惨状、しかも水もガスも停った。やっと水が出、しばらくしてガスが回復した翌日の二十五日、足立さんから見舞いのケーキとともに初校ゲラが届いた。編集者との連帯をこのときほど切に感じたことはない。

まだひどい余震の可能性があるというので、私の居室には書棚に収容しないままの書物が、四囲に積み上げてある。そういう乱雑な、いわば戦場のような環境でその日のうちに校正を了えた。そして一九四六年の大連の冬のことを思い出した。

敗戦の翌年の冬になって、私たち一家は家屋を市当局に接収され、おなじ日本人の家に同居させられた。そこは敗戦前は商家だったらしく、一階の入口をはいると、何もない空間の片隅に六畳間があり、私たち四人はそこに住んだ。家主一家は奥の方に住んでいた。二階は物置きになって、いろんなものが雑然と詰めこまれていた。私は家主の許しを得て、そこへ小さな座り机を持ちこみ、その上にブルックハルトの『伊太利文芸復興期の文化』など手持ちの文庫本を何冊か並べて悦に入っていた。ガラス窓からは寒々とした冬景色が見えた。暖房なんてなかった。石炭は最早手に入らなかったから。日常口にするのは高粱の粥だった。でも、まだ十六歳だったので、なんともなかった。体力、気力とも十分だった。自分がラスコーリニコフになった気がして得意だった。

そういう経験以来、私は人間とは戦争や災害や飢饉に追われて流浪するのが本来のありかただと思いこむようになった。どんなあばら屋に住もうが、机ひとつあればよいと思い、野戦攻城こそわが境涯と信じて疑わなかった。そうである以上、このたびの大地震だって、かねての覚悟のうちにあるはずだ。ところが私は年齢を勘定に入れていなかったのである。

敗戦後の苛刻な経験がもの珍しい冒険のように思われたのは私が若かったからだ。心身ともに生き生きして、苦労が苦労と感じられなかった。ところが今や八十五歳、何事もなく無事であってさえ、ちょっと躰を動かしてもしんどいのに、こうも身の廻りがめちゃくちゃになったのでは、片づける気力もわかない。ひたすら娘夫婦と息子にたよるしかなく(婿殿は単身赴任先の京都から、息子は水俣から駆けつけてくれた)、彼らが悪戦苦闘しているのに、私はただ足手まといになるだけ。わが家がこんな惨状になったのは、私が物欲にかられて本を買いこみすぎたためであるから、小さくなって本を読んでいるしかない。そして、ひたすらもの憂いのである。生きているのが面倒くさいのだ。

初校ゲラを校正しているうち、思い出したのは、あの仮り住いの二階の小さな机のこと。それが今その前に座っている座卓と重なった。私は遂にあの十六歳の小ラスコーリニコフに戻ったのである。あのとき私の前途には七十年の歳月が控えていた。今は残るは何年か。野戦攻城といえば恰好よすぎる。野宿ならぬ仮の住いこそわが境涯と、ふたたび思い定める。そしてまた仮寝の夢を見よう。ラスコーリニコフの超人の夢などではない。このあとどう生きるか、道が定まっている。心を新たにして旅の仲間と歩もう。校正をしながら、ともすれば萎えようとする心が立ち直ってくるのを覚える。今日、ゲラを送り返す。足立さんは老骨に活を入れてくれたのだ。

二〇一六年四月二十六日早朝

著者識

初出一覧

Ⅰ　時論

＊さらば、政治よ　書きおろし（二〇一六年二月）
＊「提言」する人びと　「西日本新聞」二〇一四年四月二七日
＊物書きは地方に住め　「西日本新聞」二〇一四年七月六日
＊徴兵制は悪か　「西日本新聞」二〇一四年九月二一日
＊変わる保革の意味　「西日本新聞」二〇一四年一一月三〇日
＊質のよい生活　「西日本新聞」二〇一五年二月二二日

Ⅱ　インタビュー

＊近代のめぐみ　「熱風」二〇一四年四月一月号（スタジオジブリ）
＊二つに割れる日本人「文藝春秋スペシャル」二〇一五年冬号（文藝春秋）

Ⅲ　読書日記

＊『ブーニン作品集』「週刊エコノミスト」二〇一四年五月二〇日号（毎日新聞出版）
＊シニャフスキー『ソヴィエト文明の基礎』「エコノミスト」二〇一四年六月二四日号
＊斎藤清明『今西錦司伝』「週刊エコノミスト」二〇一四年七月二九日号
＊金子兜太、聞き手・黒田杏子『語る兜太』「週刊エコノミスト」二〇一四年九月九日号
＊宇根豊『農本主義が未来を耕す』「週刊エコノミスト」二〇一四年一〇月一四日号
＊臼井隆一郎『「苦海浄土」論』「週刊エコノミスト」二〇一四年一一月一八日号
＊坂口恭平の著作　「週刊エコノミスト」二〇一四年一二月二三日号
＊伊藤比呂美『父の生きる』「週刊エコノミスト」二〇一五年二月三日号
＊石牟礼道子『不知火おとめ』「週刊エコノミスト」二〇一五年三月一〇日号
＊池内恵『イスラーム国の衝撃』「週刊エコノミスト」二〇一五年四月一四日号
＊坂口恭平『家族の哲学』「熊本日日新聞」二〇一五年一二月二七日
＊高山文彦『宿命の子』「本の窓」二〇一五年八月号（小学館）

Ⅳ　講義

＊ポランニーをどう読むか　「道標」三二号（人間学研究会、二〇一一年三月刊）

渡辺京二　わたなべ・きょうじ

1930年京都生まれ。大連一中、旧制第五高等学校文科を経て、
法政大学社会学部卒業。評論家。河合文化教育研究所主任研究員。
熊本市在住。著書に『北一輝』（ちくま学芸文庫、毎日出版文化賞受賞）、
『逝きし世の面影』（平凡社ライブラリー、和辻哲郎文化賞受賞）、
『万象の訪れ』（弦書房）、『黒船前夜』（洋泉社、大佛次郎賞受賞）、
『無名の人生』（文春新書）、『近代の呪い』（平凡社新書）、
『女子学生、渡辺京二に会いに行く』（津田塾大学三砂ちづるゼミと共著、
文春文庫）、『気になる人』（晶文社）など多数がある。

さらば、政治《せいじ》よ
――旅の仲間へ
2016年6月15日　初版

著　者　渡辺京二
発行者　株式会社晶文社
東京都千代田区神田神保町1-11
電　話　03-3518-4940（代表）・4942（編集）
URL　http://www.shobunsha.co.jp
印刷・製本　ベクトル印刷株式会社
©Kyoji WATANABE 2016
ISBN978-4-7949-6926-2 Printed in Japan

JCOPY〈（社）出版者著作権管理機構　委託出版物〉
本書の無断複写は著作権法上での例外を除き禁じられています。
複写される場合は、そのつど事前に、（社）出版者著作権管理機構
（TEL:03-3513-6969 FAX:03-3513-6979 e-mail:info@jcopy.or.jp）
の許諾を得てください。〈検印廃止〉落丁・乱丁本はお取替えいたします。

好評発売中

気になる人　渡辺京二

熊本在住の、近くにいて「気になる人」、昔から知っているけどもっと知りたい「気になる人」をインタビューした小さな訪問記。彼らに共通するのは、スモールビジネスや自分なりの生き方を始めているということ。自分たちで、社会の中に生きやすい場所をつくるのだ

昭和を語る――鶴見俊輔座談　鶴見俊輔

戦後70年。戦争の記憶が薄れ、「歴史修正主義」による事実の曲解や隠蔽などから周辺諸国とのコンフリクトが起きている昨今、『鶴見俊輔座談』（晶文社）が残した歴史的・思想的役割は大きい。座談集（全10巻）から厳選して若い読者に伝える。【解説】中島岳志

日本の反知性主義〈犀の教室〉　内田 樹 編

集団的自衛権の行使、特定秘密保護法、改憲へのシナリオ……あきらかに国民主権を蝕み、平和国家を危機に導く政策が、どうして支持されるのか？　政治家たちの暴言、メディアの迷走…日本の言論状況、民主主義の危機を憂う、気鋭の論客たちによるラディカルな分析

民主主義を直感するために〈犀の教室〉　國分功一郎

「何かおかしい」という直感から、政治へのコミットメントははじまる。パリの街で出会ったデモ、小平市都市計画道路反対の住民運動、辺野古の基地建設反対運動……哲学研究者が、さまざまな政治の現場を歩き、対話し、考えた思索の軌跡

〈凡庸〉という悪魔――21世紀の全体主義〈犀の教室〉　藤井聡

21世紀には、ヒトラーのナチス・ドイツの時代と違い、「思考停止」した「凡庸」な人々の増殖が、「全体主義」を生む。ハンナ・アーレント『全体主義の起原』の成果を援用しつつ、現代日本社会で顔をのぞかせる、「凡庸という悪」の病理の構造を鋭く抉る

集団的自衛権はなぜ違憲なのか　木村草太

明らかに憲法違反であるにもかかわらず、強引な手法で安全保障法案が国会を通過。安倍政権が進める強引な手法によって、合理的な議論が困難になっているいまこそ、憲法の原則論が重要となる。憲法学の若き俊英がその知見をもとに著した根源的な批判の書

口笛を吹きながら本を売る――柴田信、最終授業　石橋毅史

85歳の今も岩波ブックセンターの代表として、神保町の顔として、日々本と向きあう柴田信さん。〈本・人・街〉を見つめる名翁に聞く。柴田さんの人生を辿ると、本屋と出版社が歩んできた道のり、本屋の未来、これからの小商いの姿が見えてくる……